Hendrik Groen

Herrenabend

PIPER

Zu diesem Buch

Seitdem das Seniorenheim Amsterdam Noord vor etwa fünf Jahren seine Pforten geschlossen hat, wohnt Hendrik in einem Altenheim in Bergen aan Zee. Gesellschaft leisten ihm hier Leonie, Mitglied des Alt-aber-nicht-tot-Clubs (Alanito), Herr Handjojo, Fräulein Jansen und die zehnjährige Frida, die sich Hendrik als Adoptivopa auserkoren hat. Der macht sich Sorgen, denn er wird immer vergesslicher. Mal steht er grübelnd im Supermarkt, nicht mehr wissend, was er hier eigentlich wollte, mal bricht er kurz nach seiner Rückkehr erneut mit dem Hund zum Gassigehen auf, weil er sich an die vorherige Tour nicht erinnert. Daher kommt Hendrik auf die Idee, wieder mit dem Tagebuchschreiben anzufangen. Auf diese Weise kann er, so sein Plan, einfach nachlesen, wenn ihm etwas entfallen ist, und für ein wenig Struktur im Alltag sorgen. In gewohnt humorvoll zugespitzter Manier notiert er also Erlebtes, Gefühle und die Ereignisse um ihn herum.

Hendrik Groen ist das Pseudonym des niederländischen Bibliothekars Peter de Smet (geb. 1954). Mit seinen preisgekrönten fiktiven Tagebüchern wurde er zu einem der beliebtesten Schriftsteller der Niederlande und ein internationaler Bestsellerautor.

Hendrik Groen

HERRENABEND

Das letzte geheime Tagebuch des HENDRIK GROEN, 90 Jahre

Aus dem Niederländischen
von Gaby van Dam

PIPER

Mehr über unsere Autorinnen, Autoren und Bücher:
www.piper.de

Wenn Ihnen dieser Roman gefallen hat, schreiben Sie uns unter Nennung des Titels »Herrenabend« an *empfehlungen@piper.de*, und wir empfehlen Ihnen gerne vergleichbare Bücher.

Von Hendrik Groen liegen im Piper Verlag vor:
Eierlikörtage
Tanztee
Lieber Rotwein als tot sein
Herrenabend
Damenbesuch

Unser Versprechen für mehr Nachhaltigkeit
• Klimaneutrales Produkt
• FSC®-zertifiziertes Papier
• Hergestellt in Europa

FSC www.fsc.org MIX Papier | Fördert gute Waldnutzung FSC® C083411

Ungekürzte Taschenbuchausgabe
ISBN 978-3-492-31932-4
November 2022

Titel der niederländischen Originalausgabe:
»Opgewekt naar de eindstreep: Het laatste geheime dagboek van Hendrik Groen, 90 jaar«, Meulenhof, Amsterdam 2020
Herausgegeben nach besonderer Vereinbarung mit Meulenhoff Boekerij bv in Verbindung mit deren bevollmächtigter Agentur 2 Seas Literary Agency Inc.

Redaktion: Kerstin Kubitz
Satz: Fotosatz Amann, Memmingen
Gesetzt aus der der Palatino
Druck und Bindung: CPI books GmbH, Leck
Printed in the EU

Dienstag, 19. November 2019

Ich weiß nicht so richtig, wie ich wieder anfangen soll. Mit dem Schreiben. Also habe ich einfach das als Erstes aufgeschrieben.

Es wird zu einem ständigen Problem: Dass ich mich nicht mehr erinnere, was ich gerade gemacht habe oder machen wollte oder wie irgendwas gleich wieder funktioniert. So stand ich letzte Woche im Supermarkt vor dem Regal mit der Babynahrung und hatte keine Ahnung, welche Sorte ich nehmen sollte. Ich las die Etiketten auf den Gläschen: Gartenbohnen, Buntes Gemüse, Obstbrei mit roten Beeren …

Eine junge Verkäuferin kam auf mich zu und fragte, ob sie mir vielleicht helfen könne. »Sie stehen ja hier schon eine Weile.«

Ich wusste nicht mehr genau, warum ich hier stand. Ich musste einkaufen, das war klar, denn ich befand mich in einem Supermarkt. Aber was war das noch mal, was ich kaufen wollte?

»Haben Sie keinen Einkaufszettel?«, erkundigte sich die Verkäuferin.

»Ach ja, richtig, meine Frau hat mir ja eine Liste geschrieben.«

»Sollen wir sie uns mal gemeinsam anschauen?«

»Nein, nein, war nur ein Witz. Meine Frau ist schon seit über einem Jahr tot, die gibt mir keine Einkaufszettel mehr mit.«

Die junge Frau lachte nicht. Es war aber auch ein merkwürdiger Witz, muss ich selbst zugeben.

Ich suchte einen Moment, dann fand ich die Einkaufsliste in meiner Jackentasche, unverkennbar in meiner Sauklaue geschrieben. Ich erklärte der Verkäuferin noch, dass sie sie höchstwahrscheinlich nicht würde entziffern können, trotzdem wollte sie einen Blick darauf werfen.

»Babynahrung steht nicht drauf«, stellte sie fest, nachdem sie die Liste studiert hatte.

»Nein, es ist ewig her, dass ich Babynahrung kaufen musste«, erwiderte ich. »Damals gab es diese Gläschen noch nicht. Meine Frau hat das alles selbst gekocht.«

»Auf der Liste stehen Kekse.«

Die junge Frau lief voraus zu den Keksen.

Ach ja, ich wollte Kekse haben, zum Glück erinnerte ich mich wieder. Und Joghurt. Und Zahnpasta.

Jetzt war mir alles wieder klar.

Vergesslichkeit ist kein Vergnügen, das kann ich jedem versichern. Und man gewöhnt sich auch nicht daran. Ja, bei anderen ist es manchmal ganz witzig, und man kann darüber lachen. So hatte Grietje mal vergessen, dass sie eine Banane in die Weihnachtskrippe gelegt hatte. Das Jesuskindlein war über und über mit Fruchtfliegen bedeckt. Was haben wir gelacht! Allerdings war es eine Heidenarbeit, die Krippe wieder sauber zu kriegen, obendrein war der Staubsaugerbeutel komplett verstopft von all dem Stroh. Andererseits haben wir in dem Beutel den Kopf eines Hirten wiedergefunden. Dieser Kopf war wohl irgendwann abgebrochen und wieder angeleimt worden, offenbar jedoch nicht sehr stabil.

Ich frage mich schon, warum Grietje die Banane ausgerechnet dort abgelegt hatte, bevor sie sie vergaß. Vielleicht glaubte sie, dass Jesus besonders gern Bananen mochte. Oder Maria.

Doch nun noch mal zurück zum Anfang, denn mir ist es wieder eingefallen.

Ich habe beschlossen, wieder zu schreiben, gerade weil ich so viel vergesse. Dann kann ich mein Tagebuch als Gedächtnisstütze benutzen und etwas Struktur in den Alltag bringen.

Genauer betrachtet ist Letzteres ziemlicher Unsinn. Wie viel Struktur brauche ich momentan noch? Ich wache täglich auf, gehe frühstücken, Kaffee trinken, Mittag essen, Tee trinken, Abend essen, Kaffee trinken, um abends schließlich vor dem Fernseher einzuschlafen.

Das klingt doch nicht allzu kompliziert?

Und dennoch kommt meinem Kopf selbst bei diesem übersichtlichen Ablauf das Programmheft manchmal abhanden. Dann weiß ich nicht mehr, ob ich gerade gefrühstückt oder zu Mittag gegessen habe. Ob ich ins Bett gehen muss oder gerade wach geworden bin. Okay, das Letzte war ein Witz.

Das wäre alles nicht weiter tragisch, wenn ich Fräulein Jansen nicht hätte.

Zur Erklärung: Fräulein Jansen ist der Hund, den ich von Evert bekommen habe. Der Name war Teil des Geschenks. Und um die Verwirrung komplett zu machen: Fräulein Jansen ist ein Rüde. Ich muss dreimal am Tag mit ihm Gassi gehen. Zweimal drehen wir eine Runde ums Haus, und einmal spazieren wir am Strand. Da kann er hinter dem Ball herrennen, den ich für ihn werfe. Dafür habe ich mir so einen speziellen Wurfapparat gekauft. Damit schaffe ich mit dem Wind manchmal bis zu zwanzig Meter.

Letzte Woche, oder … zumindest vor einiger Zeit,

fragte mich Leonie: »Gehst du jetzt schon wieder spazieren, Hendrik?«

»Was meinst du mit ›schon wieder‹?«, erkundigte ich mich noch, doch mir schwante nichts Gutes.

»Nun ja«, erwiderte meine Freundin, »vor einer halben Stunde hast du Fräulein Jansen auch schon rausgelassen.«

»Ja, aber da hat er nichts gemacht, und ich musste schnell zurück, weil … äh … ich selbst so dringend auf die Toilette musste. Und mir schien es keine gute Idee, mich neben ihn auf den Grünstreifen zu hocken.«

»Das wäre bestimmt ein witziger Anblick gewesen«, meinte Leonie, »du und der Hund nebeneinander beim großen Geschäft.«

»Ich bezweifle allerdings, dass Hunde wirklich Geschäfte machen«, versuchte ich, dem Gespräch eine andere Wendung zu geben.

Sie bezweifelte das ebenfalls. Mit Geschäften ist das so eine Sache, wann fangen sie an, wo hören sie auf …

Doch ich muss gestehen, dass das nicht stimmte. Dass ich selbst auf die Toilette musste. Ich habe mir einfach etwas ausgedacht, weil ich nicht mehr im Kopf hatte, dass ich so kurz davor auch schon mit dem Hund spazieren war. Ich glaubte, es wäre inzwischen Nachmittag, aber als ich auf die Armbanduhr sah, war es erst halb elf.

»Jetzt trinken wir erst mal eine Tasse Kaffee«, schlug ich vor, »ich bringe nur kurz Fräulein Jansen weg.«

Der Hund darf nämlich nicht nach unten in den Gemeinschaftsraum. Er hat sich wiederholt danebenbenommen. Einmal, noch als Welpe, hatte er Frau Sliedrecht ans Bein gepinkelt.

»Ja wie, was läuft mir denn da Warmes in den Schuh?«, hatte Frau Sliedrecht sich gewundert.

Ein andermal hatte er eine halbe Packung Kekse von

Herrn Sluiter weggefressen. Dieser forderte hohen Schadensersatz: zwei neue Packungen Kekse. Eine für den erlittenen materiellen Schaden und eine für den immateriellen. Auf meine Frage, worin letzterer Schaden denn bestünde, erklärte Sluiter, er habe eine PSTB.

»Sie meinen PTBS?«

»Genau, das habe ich ja gesagt, darunter leide ich sehr stark, vor allem bei Keksen.«

Herr Sluiter ist ein wenig verrückt, das stimmt, aber das kommt nicht von posttraumatischem Stress, sondern von lebenslangem, übermäßigem Trinken.

Fräulein Jansens dritter Fehltritt besiegelte sein Schicksal. Einer Dame, die vom Medizinischen Dienst oder so zu uns gekommen war, berammelte Fräulein Jansen hemmungslos das Bein. Der Heimleiter, Herr Blekemolen, stand fassungslos daneben. Ich konnte Fräulein Jansen schnell wegziehen, aber die Frau blickte auf ihr Bein, als wollte sie es sich am liebsten abhacken.

Am nächsten Tag hing ein großes Schild am Gemeinschaftsraum: HUNDE VERBOTEN. Das Schöne an diesem Heim ist ja gerade, dass man hier kleine Haustiere halten darf, doch das hat sich nun, dank Fräulein Jansen, etwas relativiert.

Aber warum noch gleich schreibe ich an dieser Stelle von meinem Hund?

Und schon zeigt sich der Nutzen meines neuen Tagebuchs: Ich kann darin nachblättern, warum ich über etwas Bestimmtes spreche. Das Einzige, was ich mir merken muss, ist, regelmäßig alles aufzuschreiben, was ich nicht vergessen darf.

Ich kann nicht versprechen, jeden Tag zu schreiben, aber ich werde mein Bestes geben.

Mittwoch, 20. November

Nächste Woche Samstag haben wir hier in unserem Seniorenheim die halbjährliche Versammlung von Alanito. Wir sind nur noch zu sechst: Edward, Graeme, Antoine, Ria, Leonie und ich.

Evert und Eefje sind natürlich nicht mehr dabei, und Grietje ist zu verwirrt. Als sie das letzte Mal vor etwa eineinhalb Jahren bei unserem Treffen war, erkannte sie niemanden mehr. Obendrein machte sie beim festlichen Diner eine ziemliche Sauerei. Als es bei den Spaghetti bolognese mit der Gabel nicht mehr so recht klappen wollte, versuchte sie es mit den Händen, aber auch dabei landete das meiste auf ihrem Schoß, den faltigen Bäckchen und an ihrem Kinn, also bestenfalls in der Nähe ihres Mundes. Sie war über und über mit Nudeln und roter Hackfleischsoße besudelt und strahlte, als käme sie geradewegs aus dem Schönheitssalon. Das machte das Ganze wiederum ziemlich rührend. Wir hatten nicht bedacht, dass die Schwestern sie in der geschlossenen Station immer fütterten. Auch beim Wein, in ihrem Fall Limonade in einem Plastikweinglas, lief es nicht ganz nach Etikette: Das meiste schüttete sie sich neben den Mund.

»Das war lecker, Mama«, sagte sie zu Leonie.

Fünf Minuten später wies Edward mit dem Finger an den Lippen auf Grietje: Sie war auf dem Stuhl eingeschlafen, den Mund ein klein wenig geöffnet. Sie wirkte zufrieden. Der Anblick machte uns ganz ruhig.

Ich besuche sie einmal im Monat in ihrem Heim. Wie ein Baby hat sie inzwischen wieder ein Kuscheltier: einen Plüschseehund, den sie stets umklammert hält und mit dem sie im Bett, aus dem sie kaum mehr aufsteht, kuschelt.

»Ich bin müde«, das sind die einzig verständlichen Worte, die sie noch hervorbringt. Die Schwester erklärte mir, dass Grietje es schön findet, wenn man ihr die Wange streichelt. Das tue ich dann für einige Minuten, wenn ich zu Besuch bin. Danach gehe ich wieder nach Hause; mit meinem Besuch hat es nicht viel auf sich. Die Schwester hat schon ein paarmal gemeint, dass es wohl nicht mehr lange dauern würde, also nehme ich immer von ihr Abschied, als würde ich sie zum letzten Mal sehen.

»Du bist ein zähes Mäuschen, Grietje«, sagte ich ihr beim letzten Mal zum Abschied.

»Ich bin ein Mädchen, kein Mäuschen.«

Ich glaube wirklich, dass ich sie das habe murmeln hören.

Ach ja, das Treffen.

Leonie und ich haben den Saal unten dafür reserviert, der immer für Versammlungen genutzt wird. Wir dürfen Luftschlangen vom Seniorenheim aufhängen, um ihn ein wenig fröhlicher zu gestalten, denn es ist an sich kein Festsaal. Lidy, die Schwester, die im Heim die Freizeitaktivitäten plant, kommt und hilft uns beim Dekorieren. Was heißt »hilft« ... wir sagen, was gemacht werden muss, und sie macht die Arbeit. Ein echter Schatz, diese Lidy. Leonie hat beim Asiaten eine Reistafel für sechs Personen bestellt. Für ein paar schöne Flaschen Wein habe ich gesorgt. Zwar tanzen wir von Alanito nicht mehr auf den Tischen, aber leckeres Essen und guten Wein wissen wir immer noch zu schätzen. So wie unser Beisammensein.

Ich freue mich schon darauf.

Plötzlich frage ich mich, ob ich den Wein wirklich bestellt habe. Ich weiß es nicht mehr. Manchmal blicke ich zurück in die Vergangenheit und sehe nur noch Nebel. Ich muss gleich nachher in meinen Schränken nachsehen. Wenn dort kein Wein steht, muss ich zum Weinhändler. Sechs Flaschen kaufen, zweimal rot, viermal weiß.

Ob es wohl sehr merkwürdig wirkt, wenn ich den Händler frage: »War ich vor Kurzem hier, um sechs Flaschen Wein zu kaufen?«

Nein, das werde ich nicht tun.

Vielleicht sagt der freundliche Herr auch: »Ah, da sind Sie ja wieder, er hat Ihnen wohl recht gut geschmeckt, Herr Groen.« In diesem Fall wären sechs Flaschen Wein zu suchen. Was soll ich dann machen? Wo soll ich denn suchen?

Sonntag, 24. November

Es gibt jetzt das soundsovielte Jahr in Folge einen Riesenwirbel um die Farbe des Schwarzen Piet, wie Knecht Ruprecht hier bei uns in Holland heißt. In unserem Heim ist die Mehrheit für die Beibehaltung von »schwarz«, mit dem unsterblichen Argument, das hier, ob passend oder nicht, fast immer angeführt wird: »So gehört es sich, denn so ist es immer schon gewesen.«

Dem widerspreche ich zuweilen mit: »Nichts ist für die Ewigkeit.«

Dann schauen sie mich an, als ob ich Chinesisch spreche.

Ist es nicht traurig, dass sich »die Menschen« nicht

einmal mehr über die Farbe eines Nikolaus-Begleiters einig werden können? Blockaden, Gerichtsverhandlungen, Beleidigungen, Gewalt. Unglaublich viel Hass und Neid, weil sich alle gegenseitig die richtige Farbe aufzwingen wollen. Gleich neben dem x-ten langen Artikel in der Zeitung über den Schwarzen Piet war ein ganz kleiner Bericht: 39 773 Tote durch Schusswaffengebrauch in den USA innerhalb eines Jahres. Auch die kurze Aufregung wegen der 400 000 Menschen, die seit dem Jahr 2000 in den USA infolge schwerer Schmerzmittelabhängigkeit gestorben sind, hat sich wieder gelegt. In der Pharmaindustrie arbeiten sowieso die allerbesten Massenmörder. Im Vergleich dazu sind islamistische Terroristen nur kleine, unbedeutende Pfuscher.

In einer Bar in Amerika vollführte ein tanzender FBI-Agent einen Rückwärtssalto, verlor dabei seine Pistole, die daraufhin losging und einen Besucher niederschoss. Dieser war nicht tot und gehört daher nicht zu den 39 773 Schusswaffentoten. Das Unglück lauert gleich um die Ecke. Es scheint ein Video davon zu geben, doch das will ich mir nicht ansehen.

Jetzt aber wieder zurück zum Knecht des heiligen Nikolaus, sorry, seinem logistischen Mitarbeiter. Oder darf Piet, wenn er denn weiß ist oder nur ein paar Rußflecken hat, wieder Knecht sein?

Evert war vor Jahren einer der ersten »Rußflecken-Pieten«. Nicht aus Überzeugung, sondern aus reiner Nachlässigkeit. Mein Freund und ich sollten als Überraschung zum Tee als Nikolaus und Piet in den Gemeinschaftsraum schreiten. Um sich besser vorbereiten zu können, hatte sich Evert bereits um zwei Uhr nachmittags ein Fläschchen aufgemacht. Aus Solidarität trank ich ein Gläschen mit. Als wir uns eine Stunde später umzogen, wollten Arme und Beine nicht mehr so recht, und wir waren ziemlich wackelig beieinander. Am Ende saß mein Bart schief, und bei Evert war mehr Schminke auf dem Kragen als auf den Wangen.

»Es ist noch überall Weiß zu sehen«, warnte ich ihn.

»Ich bin der erste schwarz-weiße Piet«, erklärte mein Freund.

Als dieses wüste Duo kurze Zeit später den Essenssaal betrat, wurden wir mit Jubel empfangen. Spontan wurde ein Nikolauslied angestimmt. Nur Herr Bakker lief polternd und schimpfend aus dem Saal. »Bei dem Blödsinn mach ich nicht mit.«

Es dauerte nicht lange, und Frau Stelwagen kam vorbei, um die Lage zu erkunden. Sie zögerte: Sollte sie eingreifen oder uns einfach gewähren lassen? Sie beschloss, vorläufig ihr künstliches Lächeln aufzusetzen.

Evert setzte diesem ziemlich grob ein Ende, indem er ihr erst einen Schmatzer auf die Backe verpasste und sie dann auf den Schoß des Nikolaus drückte. Da saß sie nun: schachmatt.

Es wurde gelacht und gejohlt.

»Sie werden ja rot, Frau Stelwagen, Sie sind doch nicht unartig gewesen?«, fragte ich.

»Nein, nein. Ich äh, ich gehe kurz das äh … Ihr großes Buch holen.«

Sie kämpfte sich von meinem Schoß hoch und eilte davon. Wir haben sie den ganzen Nachmittag nicht mehr gesehen.

Nicht vergessen: zum Weinhändler. Vier Flaschen weiß, zwei rot.

Montag, 25. November

Ich habe Angst. Ich habe mich bisher nicht getraut, es aufzuschreiben, aber ich habe Angst. Es kann kaum anders sein: Ich werde dement.

Dienstag, 26. November

Ich bin extra für die Versammlung zum Friseur gegangen.

»Wie wollen Sie es haben?«, fragte der Friseur.

Lieber wäre mir gewesen, er hätte gefragt: »Wen wollen Sie haben?«

Dann hätte ich eher die fröhliche junge Praktikantin an meinem Kopf herummodeln lassen als den schwitzenden und ächzenden Mann mittleren Alters, der hier im Friseursalon von Bergen aan Zee die Schere schwingt.

Ich antwortete, dass ich gern *Extensions* haben wolle. Er sah mich verständnislos an.

»Das war wohl ein Witz, oder?«

»Ja, das war ein Witz.«

»Wie wollen Sie es haben, mein Herr?«, fragte er, etwas ungeduldig, erneut.

»Ein wenig kürzer. Bitte gern auch die Augenbrauen mitmachen.«

Ich blickte in den Spiegel. Dort sah ich einen Mann, der die Hosen voll hatte. Neunzig Jahre alt, nichts mehr zu verlieren, und trotzdem traute ich mich nicht, den Friseur zu bitten, auch die langen Haare, die mir aus der Nase wuchsen, wegzuschneiden. Steh ich heute Nachmittag wieder selbst da und stümpere mit der Schere herum, die sich vor dem Spiegel immer in die verkehrte Richtung bewegt, ging es mir durch den Kopf.

Ich holte tief Luft.

»Würden Sie sich auch um die hässlichen Nasenhaare kümmern?«

Es war kurz still.

»Kümmern?«

»Schneiden.«

»Nun ja … wenn es sein muss …«

»Ja, bitte, vielen Dank.«

Kurz darauf kürzte mir der Friseur mit angewidertem Gesicht die Nasenhaare. Es war nicht einmal zehn Sekunden Arbeit.

Ich habe einen kleinen, aber schönen Sieg über mich selbst errungen. Das hätte ich mich früher nie getraut.

Nicht vergessen: Hundefutter kaufen. Ich hatte heute Morgen nichts mehr für Fräulein Jansen da. Habe ihm einfach zwei Scheiben Brot mit Salami gegeben. Er mag keinen Käse. Davor hatte er aus eigenem Antrieb allerdings schon ein halbes Marzipanhörnchen vertilgt. Ich wusste gar nicht, dass Hunde so auf Mandelfüllung stehen.

Mittwoch, 27. November

Ich habe mir zwei neue Zettel aufgehängt. Einen in Rosa an die Pinnwand mit: *Hundefutter*, einen gelben an den Badezimmerspiegel: *Zähne putzen.*

Rosa Zettel sind für Dinge, die ich einkaufen muss.

Gelbe Zettel sind für alles, was ich tun muss.

Blaue Zettel sind Gebrauchsanweisungen. Zum Beispiel, wie die Mikrowelle funktioniert. Ich konnte mich doch neulich nicht mehr erinnern, welchen Knopf ich drücken muss, um etwas aufzuwärmen. Und ich wusste auch nicht mehr, wo ich die Gebrauchsanweisung hingeräumt hatte. Zum Glück habe ich kein riesiges Haus, sondern nur ein kleines Zimmer mit einer kleinen Küche. Nicht mal ein separates Schlafzimmer. Es ist ein eher altmodisches Seniorenheim, in dem ich jetzt wohne, das zweifelsohne bereits dazu ausersehen ist, in ein paar Jahren abgerissen zu werden. Es dient vor allem als Auffangbecken für jene alte Menschen, die der Presslufthammer aus anderen Pflegeheimen verjagt hat. Ich wohne hier prima. Direkt am Strand. Durchwegs sehr nettes Personal. Meine Mitbewohner sind ganz in Ordnung, sie sind allerdings zu klapperig und zu träge, um einen neuen Alanito-Club zu gründen. Vielleicht habe ich aber auch selbst zu wenig Puste dafür. Das könnte durchaus sein, wenn ich ehrlich bin. Mit Leonie bilde ich nun einen Zweierclub. Oder eigentlich, wenn man meinen Hund Fräulein Jansen dazuzählt, einen Dreierclub.

Sieh an, jetzt ist es praktisch, dass ich kurz nachlesen kann, worüber ich vorhin geschrieben hatte: farbige Zettel.

Die Gebrauchsanleitung der Mikrowelle hatte ich schnell gefunden, weil es in meinem Apartment nur fünf Schubladen gibt. Und Gebrauchsanleitungen gehören in eine Schublade, das weiß jeder. Dann konnte ich herausfinden, was ich vergessen hatte, und so hängt nun ein blauer Zettel mit einer Schritt-für-Schritt-Anleitung neben der Mikrowelle.

Hellgrüne Zettel sind für Codes und dergleichen: PINs, Kontonummer, Passwörter und so weiter. Diese Zettel habe ich in einem Buch versteckt und den Namen des betreffenden Buchs auf einem grünen Zettel an die Wand geheftet.

»Sieht schön aus, all die bunten Farben«, merkte Leonie neulich an, als sie mich zum Gassigehen abholte. Als ich ein wenig traurig den Kopf schüttelte, fügte sie hinzu: »Positiv denken, Hendrik, immer auch auf die guten Seiten schauen.«

Sie hat recht. Es kostete mich einiges an Überredungskunst, mir das selbst weiszumachen, doch inzwischen finde ich auch, dass es sehr fröhlich wirkt mit all den bunten Zetteln. Ich klebe oder pinne jetzt mit viel mehr Freude neue Zettel an.

Donnerstag, 28. November

Dank Leonie habe ich endlich einen Termin beim Geriater vereinbart.

Ich hatte zum x-ten Mal die Leine von Fräulein Jansen verlegt und war gerade dabei, auf Knien unter dem Bett danach zu suchen, als Leonie mein Zimmer betrat.

»Machst du gerade Morgengymnastik, Hendrik?«, erkundigte sie sich.

Ich erschrak – ich hatte sie nicht reinkommen hören – und stieß mir den Kopf an der Unterkante des Betts.

»Oh, sorry, Schatz. Ich hätte klopfen sollen.«

Ich erinnerte sie daran, dass ich ihr vor einer Weile die Erlaubnis erteilt hatte, ohne Klopfen hereinzukommen. Das war, nachdem sie einmal minutenlang klopfend an der Tür gestanden hatte, bis sie irgendwann, ernsthaft beunruhigt, die Tür einen Spaltbreit geöffnet und um die Ecke gespäht hatte. Da saß ich, seelenruhig, vor dem Fenster. Ich schaute raus und hörte mit Kopfhörern Beethoven. Ich erschrak dann übrigens auch furchtbar, als sie mir vorsichtig auf die Schulter tippte.

»Entschuldige, Hendrik, aber ich habe sehr lange geklopft, weil ich wusste, dass du zu Hause bist. Und dann dachte ich mir, dass du vielleicht tot am Boden liegst, und bin hereingekommen.«

»In Zukunft bitte ohne Klopfen eintreten«, habe ich damals angeordnet.

Witzig, dass sie sich nicht mehr daran erinnerte, ich mich aber schon.

Aber ich hatte also die Hundeleine verlegt und erklärte Leonie, dass ich diese unter dem Bett gerade suchen würde.

»Ich würde die Leine näher beim Hund suchen, Hendrik«, sagte meine Freundin lachend.

Ich blickte zu Fräulein Jansen. Der saß in seinem Körbchen mit der Leine an seinem Halsband.

»Habe ich wohl vergessen«, nuschelte ich.

Leonie sah mich durchdringend an. »Ich werde jetzt kurz streng sein, Hendrik Groen, denn du steckst schon viel zu lange den Kopf in den Sand: Du musst zum Arzt. Vergesslichkeit ist *eine* Sache, Alzheimer oder Korsakow eine andere.«

Ich glotzte sie wohl etwas dümmlich an. »Meinst du?«

»Die klassische Gegenfrage, Hendrik: Wie denkst du selbst darüber?«

Mir blieb nichts anderes übrig, als zuzugeben, dass ich mich bereits länger mit dem beängstigenden Gedanken trug, dass ich Demenz habe.

»Und also …«, meinte sie.

»Was also?«, versuchte ich es noch.

Nächste Woche habe ich einen Termin beim Geriater. Leonie bestand darauf, dazubleiben, während ich ihn telefonisch vereinbarte.

Freitag, 29. November

Es gibt eine bemerkenswerte Übereinstimmung zwischen den Betagten in Amsterdam-Nord und denen in Bergen aan Zee: Es wird genauso viel genörgelt und gejammert. In Amsterdam hatten wir das Geschimpfe und Gefluche der Herren Bakker und Pot, das Gemeckere von Frau Van Gelder und das tiefe Seufzen der uns verbliebenen Frau Slothouwer. Hier haben wir dieselben Typen, nur tragen sie andere Namen. Wir werden noch von ihnen hören.

Nun ja, alles zumindest besser als nichts, könnte man sagen. Denn der weitaus größte Anteil der Bewohner verfügt über kein Fünkchen Leben mehr. Die sitzen hier nicht nur hinter den Geranien, sie verhalten sich auch wie welche. Ihre Hauptbeschäftigung: das Wetter beobachten.

Wenn sie zum Kaffee oder Tee nach unten kommen, sind sie bereits todmüde vom Nichtstun. Quälend langsam rühren sie in ihren Tassen. In Slow Motion zermahlen ihre Kiefer die Kekse. Die Resignation dieser Bewohner ist ansteckend. Wer sich nicht mit Zähnen und Klauen dagegen wehrt, ist verloren. Wie vermisse ich in diesem Kampf meinen Freund Evert. Zusammen würden wir nie in diesem Morast der Lustlosigkeit versinken. Wir zögen einander gegenseitig an den Haaren heraus.

Jetzt muss ich mich vor allem an Leonie halten und sie sich an mich. Ich preise mich natürlich glücklich, dass sie hier ist, aber sie macht eben nicht Everts unanständige Witze und sorgt nicht im selben Maße für Aufregung und Unterhaltung.

Sie ist mehr der Typus »frische Luft«.

»Sollen wir kurz frische Luft schnappen gehen, Hendrik?«, fragt sie mich zwei- bis dreimal am Tag. Wenn Leonie in mein Zimmer kommt, steht Fräulein Jansen zwei Sekunden später winselnd mit der Leine im Maul vor mir. Sofern ich diese nicht verlegt habe. Aber davon habe ich, glaube ich, bereits berichtet.

Hätte ich beinahe meinen Sonnenschein vergessen, bei dem ich immer wieder Lebenslust tanke: Frida.

Sie kommt drei- oder viermal pro Woche vorbei. Meist, um mich zum Gassigehen abzuholen. Aber auch mindestens einmal in der Woche zum Schachspielen.

»Heute habe ich nicht so viel Zeit, ich komme nur kurz zum Plaudern vorbei«, erklärt sie manchmal.

»Komm rein, mein Plaudertäschchen«, antworte ich dann.

Dann schenkt sie sich etwas Apfelsaft ein, nimmt sich zwei Kekse aus der Dose und erzählt ausführlich, was sie alles in der Schule und zu Hause erlebt hat.

Danach fragt sie, was ich so erlebt habe.

Weil sich das häufig mit einem Wort zusammenfassen lässt, nämlich »nichts«, muss ich natürlich auf Geschichten von früher zurückgreifen. Zum Glück habe ich die noch nicht vergessen.

Frida findet es prima, wenn ich von Kindern erzähle, die in der Ecke stehen oder Strafarbeiten machen mussten.

Nach einer halben Stunde springt sie dann stets unvermittelt auf.

»Shit, Opa, ich muss längst nach Hause.«

Dann bekomme ich eine Umarmung und drei Küsschen, »tschühüss«, und weg ist sie.

Davon kann ich mindestens zwei Tage lang zehren.

Und dann ist da noch eine sehr liebe marokkanische Schwester. Eigentlich darf man im Klassenzimmer kein Kopftuch und keine Mütze tragen, aber bei ihr drücke ich ein Auge zu.

Wenn sie Dienst hat, setzt sie sich immer einen Moment zu mir.

Dann erzählt sie mir von ihrer Kindheit in einem kleinen Dorf im Rifgebirge, und ich schildere meine Knabenzeit in Schoonhoven. Die Übereinstimmungen sind überraschend groß, wahrscheinlich aufgrund der unterschiedlichen Entwicklung der beiden Länder. Sie berichtet von den Achtzigern im ländlichen Marokko, ich aus der niederländischen Provinz von vor dem Zweiten Weltkrieg.

Herrlich.

Auch Fatima springt meist recht plötzlich auf: »Oje, so spät schon, ich muss wieder an die Arbeit, Herr Groen. Nett, dass wir geplaudert haben. Tschüss.«

Von ihr werde ich nicht umarmt und dreimal geküsst. Schade. (Kleiner Scherz.)

Das würde mich wahrscheinlich in tagelange Verwirrung stürzen.

Samstag, 30. November

Zum Glück hatte mich Leonie gestern gewarnt: »Denkst du an die Versammlung morgen, Hendrik?«

»Ja, natürlich«, gab ich zurück. »Ich bin schon dabei, meine Rede zu schreiben.«

»Wie schön, du hältst eine Rede!«

Das hatte ich mir nur so ausgedacht, jetzt konnte ich nicht mehr zurück.

Ich habe später noch mal auf meine Zettel geschaut, und da stand es: 30. November Versammlung. Ich hatte es glatt vergessen. Die Zettel helfen nicht, wenn man nicht regelmäßig draufschaut.

Ich musste dann auch noch blitzschnell in den Laden, um sechs Flaschen Wein zu besorgen. Er sagte nicht: »Da sind Sie ja wieder«, ich bin wohl nicht schon mal da gewesen. Ich habe auch nirgendwo in meinem Zimmer sechs Flaschen Wein verloren herumstehen sehen.

Jetzt bastele ich an einer kleinen Ansprache für später beim Essen. Es will nicht so recht klappen.

Sonntag, 1. Dezember

Es war herrlich, die Alanito-Mitglieder wiederzusehen, aber auch ein wenig schmerzlich.

Zunächst das gewohnte Klagelied, wie bei jedem Wiedersehen: Alle vermissen einander.

»So schön wie in Amsterdam-Nord kriegen wir es nie mehr«, seufzte Ria, und wir nickten, bis uns beinahe die Köpfe abfielen.

»Nua, amid as kla is, as lag ni an Amstam Ord, ondan an eu«, sagte Edward, »ia vastehdmi zumins, tross meina Brachdörun.«

»Was hast du gesagt?«, fragte ich.

»Ass ihr mi zumins … ah, hol di da Eufl, Endik …«

Alle mussten lachen.

»Entschuldige, Edward, ab und zu versuche ich, einen Scherz à la Evert zu machen«, erklärte ich.

Graeme schlug vor, dass jetzt alle eine Viertelstunde über die neue Situation jammern dürften, danach aber wieder wie früher unbekümmert das Beisammensein genießen sollten. So geschah es.

Die Reistafel war vortrefflich, die Getränke flossen reichlich, und es wurde viel gelacht. Ich weiß nicht mehr, wie ich in mein Zimmer gekommen bin, und das lag diesmal nicht an meiner Demenz, sondern am Chardonnay.

Die nette Schwester setzte sich heute Morgen neben mich an den Kaffeetisch und raunte mir zu, dass sie in aller Frühe schnell noch die ein oder andere leere Flasche zum Glascontainer gebracht hätte, um etwaigen Kommentaren vorzubeugen.

»Sag bloß, was könnt ihr alle raufen«, sagte sie lachend.

»Saufen, Fatima, raufen tun sich die Fans im Stadion.«

Sie zwinkerte mir zu. Das sah ganz reizend bei ihr aus.

Dienstag, 3. Dezember

Ich habe gelesen, dass Menschen mit schwerer Demenz nicht mehr rational denken können, sondern ausschließlich emotional auf ihre Umgebung reagieren. Und dass es daher wichtig ist, diese Umgebung besonders sorgsam zu gestalten. Also empfehlen die Experten: kein Chaos, ein strukturierter Tagesablauf und vor allem »Erlebnisecken« mit Gegenständen aus der guten alten Zeit.

Ich habe mich gefragt, was alles in meine Erlebnisecke gehört, bin mir darüber aber noch nicht ganz klar. Auf jeden Fall eine Tafel mit Kreide und einem Schwamm.

Ob man wohl vorhersagen kann, wie weit ein Dementer in seiner Zeit zurückfällt, bevor das Licht schließlich ganz ausgeht? Vierzig Jahre? Sechzig? Achtzig?

Lande ich in meiner Kindheit oder in der meiner kleinen Tochter? Wenn ich in Gottes Namen nur nicht diesen einen schrecklichen Tag wieder und wieder durchleben muss, sondern beispielsweise mit ihr vorne im Fahrradsitz durch die Heide radeln dürfte. Das macht dann den Unterschied aus zwischen einem überaus glücklichen und einem völlig erschütterten, verwirrten alten Mann.

Es waren da doch ein paar Dinge, die ich von der Versammlung nicht mehr wusste.

Leonie sagte, ich hätte auf dem Tisch getanzt.

Habe Ria angerufen: stimmt. Ich bin auf den Tisch geklettert. Sie beglückwünschte mich auch zu meiner schönen Rede. Sie habe viel Mut daraus geschöpft.

»Nun … sehr gern geschehen, Ria«, meinte ich, hatte aber keine Ahnung, was ich überhaupt gesagt hatte. Ich konnte auch nirgends mehr den Spickzettel für die Ansprache finden.

Mittwoch, 4. Dezember

Letztes Jahr habe ich meine Frau begraben. Oder besser gesagt kremieren lassen, aber ich finde, das klingt nicht so gut. Irgendwann, in einem helleren Moment, hatte sie gesagt, dass sie verbrannt werden möchte. Es war zum Glück ein herrlicher Frühlingstag, sonst wäre es unerträglich gewesen. Die Vögel sangen ein fröhliches Abschiedslied, und überall standen die Pflanzen und Sträucher in voller Blüte, als ob sie ihr damit nachwinken würden. Meine Frau hatte einen wunderschönen Blumennamen, sie hieß Rosa, und sie liebte Vögel, Pflanzen und Blumen.

Außer mir waren noch sechs andere Personen da, darunter zwei Schwestern, die sie in den letzten Jahren häufiger gepflegt hatten.

Die eine erzählte mir, dass sie bis zu ihrem Todestag täglich, in Begleitung einer Schwester, im Garten gewesen war.

»Ob Sonne, Regen, Schnee oder Sturm, es machte ihr nichts aus. Sie wollte immer nach draußen. Und ich glaube zu wissen, dass sie glücklich war«, meinte die Schwester. Ich kannte sie kaum, dennoch hatte sie mir einen Arm gereicht, und so standen wir gemeinsam eine Weile vor dem Sarg, bevor dieser leise summend in einer Öffnung verschwand, auf dem Weg ins Feuer. Das muss eine gute Schwester gewesen sein.

Ich erzählte ihr, dass ich auch immer mit meiner Frau spazieren ging, wenn ich zu Besuch kam. Unser »Gespräch« bestand dann hauptsächlich darin, auf Vögel oder Blumen zu deuten. Ich glaube auch, dass sie am Ende ihres Lebens auf ihre Weise glücklich war. Auf jeden Fall schien sie ruhig zu sein. Vielleicht hüpfte in ihren Gedanken unser Töchterchen Aafke neben dem Rollstuhl her.

Die Rückreise nach Bergen aan Zee war einsam.

Leonie hatte angeboten, mich zu begleiten, aber ich hatte das Gefühl, dass ich das allein tun musste. Ich konnte nicht erklären, warum.

Donnerstag, 5. Dezember

Gestern saß ich in meinem Sessel und döste vor mich hin, als plötzlich heftig gegen die Tür gehämmert wurde. Ich bin schon ziemlich schwerhörig, trotzdem erschrak ich. »Der Schwarze Piet«, schoss es mir durch den Kopf. Wenn das jetzt auch noch stimmt? Als ich die Tür öffnete, stand ein großer, mit einer Schleife versehener Karton im Flur. Erst hielt ich das wieder für einen von Everts Witzen, aber der ist jetzt schon zwei Jahre tot. Oder erst seit einem Jahr? Es erschien mir jedenfalls zu lange, als dass er noch Lebenszeichen von sich hätte geben können.

Ich holte das Paket herein und schloss die Tür. Drei Sekunden später erschrak ich erneut zu Tode, so fest wurde an die Tür getrommelt. Ich machte auf und sah: niemanden. Bis Frida mit einem lauten »Buh!« hinter dem großen Topf mit den Plastikpflanzen hervorsprang. Das war dann der dritte Herzinfarkt innerhalb von zwei Minuten. Mit meinem Herzen schien aber doch noch alles in Ordnung zu sein, denn es klopfte einfach weiter.

»Nikolo bumm bumm, der Nikolo geht um«, sang Frida, und dann bekam ich einen »Knuddler«, wie sie das nennt. Ich knuddelte sie ebenfalls. Und mir fiel ein, dass ich für sie kein Geschenk hatte. Völlig vergessen. Und das, obwohl sie mich zum Adoptivopa genommen hat, seit mich das Schicksal ausgerechnet nach Bergen aan Zee, ihren Wohnort, verfrachtet hat.

»Auspacken, Opa.« Sie kicherte voller Vorfreude.

Ich streifte das Geschenkband ab, öffnete das Paket und fand … noch ein Paket. In diesem Paket war noch eines und in diesem Paket … und so weiter. Zehn Minuten später saß ich in meinem Sessel, umgeben von einem Meer aus Pappkartons, in meiner Hand eine Streichholzschachtel. Frida erstickte fast vor Lachen.

In dieser Streichholzschachtel lag ein selbst gemachtes Freundschaftsbändchen. Sie legte es mir an. »So, jetzt denkst du jeden Tag an mich«, meinte sie zufrieden.

»Aber brauchst du nicht auch so ein Bändchen?«, fragte ich.

»Nein, das ist nicht nötig«, versetzte sie, »denn ich bin nicht so vergesslich wie du, Opa.«

Freitag, 6. Dezember

Es schien dem Geriater durchaus möglich, dass ich »irgendeine Form von Demenz« hätte. Um herauszufinden, welche, bräuchte es noch weitergehende Untersuchungen.

»Sparen Sie sich die Mühe, Herr Doktor«, habe ich geantwortet, »die genaue Art macht keinen großen Unterschied. Und überhaupt, das vergesse ich sowieso wieder.«

Darüber hinaus hatte er wenig Positives zu vermelden: Die Pharmaindustrie sucht bereits seit Jahren eifrig nach einem Heilmittel gegen Demenz. Nicht, weil sie so großes Mitleid mit den armen alten Menschen haben, sondern weil damit Milliarden zu verdienen sind. Trotzdem haben die Forscher bis heute nur ein paar sehr vage Resultate zu verbuchen.

Kurz gefasst ließ mich der Geriater wissen: Mein Fall ist hoffnungslos. Sollte morgen doch der große Durchbruch kommen, braucht es trotzdem noch ein paar Jahre, um dies und jenes zu testen und das Präparat auf den Markt zu bringen. Und bis dahin bin ich längst tot und vergessen.

Ich stelle mir das als ziemlich merkwürdige Erfahrung vor, eine Tablette zu nehmen und dann aus der Vergesslichkeit heraus ein Comeback in der Welt zu feiern. Blickt man dann zurück, so sieht man auf ein mehrere Jahre umfassendes Loch.

Samstag, 7. Dezember

In der Zeitung habe ich gelesen, dass ich Teil eines Tsunami bin. Eine riesige graue Welle Demenzkranker, die es mit einem Schutzkonzept Demenz abzuwehren gilt. Ich befinde mich ganz oben auf dieser Welle. Es ist fünf vor zwölf, Ärmel hoch, Geldbeutel raus, alle Schleusen schließen.

Die Stiftung Alzheimer Nederland kämpft an vorderster Front.

Es gibt allerdings ein Fünkchen Hoffnung. Nicht für mich, aber für die Niederlande. Wissenschaftler aus Rotterdam haben festgestellt, dass die Anzahl neuer Fälle relativ gesehen abnimmt. Die Demenzepidemie ist bereits über ihren Höhepunkt hinaus. Das liegt daran, dass die Auswirkungen der gesünderen Lebensweise mittlerweile deutlich zu spüren sind. Die Dementen von heute, geboren in den Dreißiger- und Vierzigerjahren, rauchten und tranken, was das Zeug hielt, und aßen zu fettig und zu salzig. Das hat sich seitdem enorm verbessert.

Aber für mich ist es zu spät. Dieser Schuldirektor rauchte fünfunddreißig Jahre lang, ob sitzend oder stehend, ein Päckchen Zigaretten am Tag vor der Klasse. Niemand fand etwas dabei. Manche behaupteten sogar, dass Rauchen gesund sei. Wenn sogar ein Johan Cruijff Werbung für Zigaretten machte, wer wäre dann ich gewesen, um mit dem Rauchen aufzuhören? Ein wenig bitter, dass Johan nicht mehr persönlich die ein oder andere Cruijff-Weisheit über das Rauchen zum Besten geben kann. Lungenkrebs, wenn ich mich nicht irre.

Montag, 9. Dezember

Gestern glaubte ich, meine Frau stünde bei mir im Zimmer. Ich war gerade ein wenig über der Zeitung eingedöst, als Fräulein Jansen unvermittelt zu bellen anfing. Ich schrak auf und fand mich nicht sofort zurecht.

Wo bin ich, dachte ich panisch. War das meine Frau, die da in der Ecke stand und mir mit Zeichen »Ruhig, Hendrik, alles in Ordnung« bedeutete? Ich kapierte überhaupt nichts. Es dauerte einige Minuten, bis mir eine sehr geduldige Leonie erklärt hatte, dass sie Leonie sei und zu mir gekommen sei, um mit mir an die frische Luft zu gehen.

Später, am Strand, fragte sie, wer Rosa sei.

»Rosa ist meine Frau. Oder sie war es, muss ich wohl sagen. Warum möchtest du das wissen?«

»Es ist nicht schlimm, aber du hast mich ein paarmal Rosa genannt, Hendrik.«

Ich erschrak ein bisschen, ließ es mir aber nicht anmerken. »Oh, habe ich das gemacht? Da war ich wohl ein wenig durcheinander.«

»Ach, was soll's.« Leonie reichte mir den Arm.

Dienstag, 10. Dezember

Es gibt diese romantisch verklärte Vorstellung, ältere Menschen blickten zumeist voller Sanftmut auf ihr Leben zurück und seien im Einklang mit ihrer Vergangenheit. Wenn man die Bewohner unseres Seniorenheims eine Zeit lang ruhig beobachtet, muss man allerdings feststellen, dass dieses Bild nicht der Wahrheit entspricht.

Sicher, es gibt sie, die Älteren, die beim Zurückblicken aufrichtig und zufrieden sind, aber dabei handelt es sich nur um eine Minderheit.

Es herrscht vor allem Resignation: »Ich habe nicht alles herausgeholt, aber jetzt ist es zu spät, noch irgendetwas daran zu ändern.«

Und es gibt jene Alten, die bitter wie eine Zitronenschale in den Sarg wandern. Vermutlich hatten sie schon von Geburt an eine Veranlagung zur Verbitterung, und diese Veranlagung haben sie zeit ihres Lebens mit Unzufriedenheit, Missgunst und Groll genährt, sodass sämtliche anderen Gefühle schließlich überwuchert wurden. Ihr Glas ist immer halb leer.

Wie es auch Personen gibt, die mit einem Glücksgen gesegnet sind. Jeden Tag fröhlich und zufrieden, wie viel Pech und Unglück sie auch zu verkraften haben. Glücklich über jedes Lächeln, jeden Spaziergang, jede gekochte Kartoffel.

Und ich?

Ich blicke stolz und zufrieden auf ein gutes Leben als Leiter einer Grundschule zurück. Dieses Glück verdeckt eine tiefe Trauer über den Verlust meines kleinen Mädchens und meiner Frau.

Meine alten Tage habe ich sehr zufrieden, von wundervollen Menschen umgeben, verbracht. Meine besten Freunde Evert und Eefje trage ich lächelnd in mir. Ich laufe frohen Mutes in die Zielgerade ein.

Mittwoch, 11. Dezember

Wie werde ich dement werden? Diese Frage beschäftigt mich. Aber zu dem Zeitpunkt, da ich eine Antwort darauf bekomme, werde ich die Frage vergessen haben.

In Grietjes Station habe ich große Unterschiede gesehen. Da war ein Herr, der stets fröhlich im Arbeitskittel herumlief. Er schüttelte jedem die Hand und stellte sich jedes Mal wieder vor. »Dirk, aber nicht von der Hose. Ich bin Dirk vom Kittel.« Auch nach dem hundertsten Mal musste er selbst darüber herzlich lachen. Er schien mir sehr glücklich.

Aber es gab da auch eine alte Dame, die den größten Teil des Tages weinend und händeringend an der Tür stand. »Ich muss jetzt zu meiner Mutter. Wirklich. Könnten Sie mir die Tür aufmachen? Bitte.«

Herzzerreißende Trauer in ihren Augen.

Die Pfleger versuchten, sie abzulenken. »Frau Vredeveld, setzen Sie sich bitte, ich schenke Ihnen eine gute Tasse Tee ein.« Dann saß sie für ein paar Minuten ruhelos am Tisch, um gleich darauf wieder nervös ihren Platz an der Tür einzunehmen. »Jetzt muss ich aber wirklich zu meiner Mutter.«

Ich kann das Gegrübel über meine Zukunft nicht abstellen. Früher habe ich zur Ablenkung immer gelesen. Ein Buch oder eine Zeitung. Aber das Lesen fällt mir immer schwerer. Die Worte sind zu lang und fangen an zu tanzen.

Dann eben wie sehr viel früher: A f f e – N u s s – T o m – H u n d – M a u s – A n n e – K a r l – B a u m – H a u s – B l u m e – Z u g – A u t o – S c h a f e. Einmal Schuldirektor, immer Schuldirektor.

Freitag, 13. Dezember

Shit, meine Beerdigung, schoss es mir heute Morgen plötzlich durch den Kopf.

Seit wann sage ich eigentlich »shit«?, fragte ich mich dann.

Wenn ich erst dement bin, kann ich mich nicht mehr dazu äußern, wie ich mir meine Beerdigung wünsche. Oder aber ich habe höchst merkwürdige Wünsche. Dass alle in Rosa kommen sollen und dass ich dann, während ein altes Indianerlied gesungen wird, in einem Weidenkörbchen den Fluss hinab ins offene Meer treibe. Wünsche also, die die Leitung des Seniorenheims ablehnen wird, weil »Herr Groen geistig nicht mehr in der Lage war, seine Wünsche zu überdenken ...«. Stattdessen würden sie in einem eiskalten Krematorium »Amazing Grace« von André Rieu abspielen und mich dann auf das Laufband legen, ab in den Ofen.

Nee, Groen, jetzt schnell handeln.

Meine Frau wurde eingeäschert, und das Grab von Aafke ist schon vor langer Zeit aufgelöst worden, bei meinen beiden Mädels kann ich also nicht begraben werden.

Ich habe mich informiert, ob in der Nähe von Eefje noch Platz ist, aber dieser Teil des Friedhofs ist schon voll, Neukunden kommen jetzt auf ein neues, noch kahles Areal des Friedhofs. Das ist nichts für mich.

Dann will ich eben neben oder in der Nähe meines Freundes Evert liegen.

»Henkie, ich fände es sehr gemütlich, wenn du irgendwann bei mir in der Nähe liegen würdest«, scherzte er, als wir gemeinsam seine letzte Ruhestätte aussuchten.

»Abgemacht, Evert, ich bringe dann die Schachfiguren mit.«

»Besorg uns vor allem eine Flasche Genever, ich werde bestimmt ganz schön ausgedörrt sein.«

Das habe ich ihm damals versprochen.

»Du weißt, wo ich liege, Henk, ich rühr mich nicht von der Stelle. Ich werde nach dir Ausschau halten.«

Ich habe vier neue gelbe Zettel an die To-do-Tafel gepinnt. Und mit Filzstift einen lila Rand drumherum gezogen. Gelb mit Lila steht für die Kategorie »Letzte Wünsche«:

Noch zu regeln:

1. Grab in der Nähe von Evert
2. Adressen und Karten
3. Musik
4. Sarg

Sonntag, 15. Dezember

Verdammt, ich bin mit meinem Rollator direkt in den Besenschrank gefahren. Besen und Handfeger purzelten durcheinander, und ich bekam auch noch einen Eimer auf den Kopf. Es war wie in einem Comic. Allem Anschein nach war ich völlig in Gedanken versunken gewesen.

»Was machen Sie denn da, Herr Groen?«, rief eine Schwester, die vom Tumult aufgeschreckt angerannt kam.

»Ich habe einen Besen gesucht. Mir ist etwas zerbrochen, und ich möchte es kurz auffegen.«

»Aber Sie haben doch einen Handfeger und eine Schaufel in Ihrem Zimmer. Nehmen Sie vielleicht besser die.«

»Das ist bestimmt eine gute Idee.«

»Haben Sie sich verletzt?«

»Nein, nein, alles in Ordnung.«

Ich lächelte sie freundlich an und sie mich auch. Da hatte ich mich erstklassig aus der Affäre gezogen.

Mittwoch, 18. Dezember

Gestern wollte ich Grietje besuchen.

Bei ihrer Station angekommen, fragte ich die Schwester, ob sie mir die Tür aufmachen könnte. Sie sah mich ein wenig erstaunt an.

»Sie sind doch immer zu Frau De Boer gekommen?«

»Ja, das stimmt, ich komme zu Frau De Boer. Ist etwas mit ihr nicht in Ordnung?«

»Nun, äh … Frau De Boer ist gestorben. Und schon beerdigt.«

»Gestorben? Wann?«

»Äh … das muss jetzt … wohl zwei Wochen her sein. An einem Dienstag, wenn ich mich nicht irre.«

»Warum hat mir das niemand gesagt? Jetzt konnte ich mich nicht verabschieden. Das finde ich wirklich schlimm. Das liebe Grietje. Schon begraben.«

Der Schwester tat es auch sehr leid. Sie war sich zwar sicher, dass Trauerkarten verschickt worden waren, konnte aber nicht mehr feststellen, an wen. Ich sagte, dass ich wirklich keine Karte bekommen hätte, obwohl ich doch einer der wenigen war, der sie all die Jahre treu besucht hatte.

»Darf ich denn noch ein letztes Mal in ihr Zimmer schauen, zum Abschied?«, fragte ich.

Die Schwester schluckte kurz. Nein, das gehe leider nicht. Es sei bereits eine neue Bewohnerin eingezogen. Die Habseligkeiten von Frau De Boer seien allesamt in den Secondhandladen gewandert. Das hätte ihr Neffe organisiert.

Ich war total verwirrt und wusste nicht, was ich machen sollte. Schließlich habe ich eine Tasse Tee bekommen, und die Schwester hat mir die Trauerkarte, die an der Pinnwand hing, mitgegeben. Danach bin ich wieder nach Hause gegangen.

Dort habe ich in meinen Korb für Zeitungen und Post geschaut und die ungeöffnete Sterbebenachrichtigung gefunden. Was bin ich doch für ein dummer alter Mann. Das macht mich völlig fertig.

Donnerstag, 19. Dezember

Leonie habe ich es als Erstes gebeichtet. Dass Grietje tot und schon begraben ist, weil ich die Trauerkarte nicht gelesen hatte.

»Was bin ich doch für ein schluderiger alter Narr geworden. Früher wäre mir das nie passiert. Von Alanito war niemand bei der Beerdigung, nur weil ich die Karte zwischen die Zeitungen gelegt hatte.«

Leonie war sanft wie immer. »Nimm dir das nicht so übel, Hendrik. Wir sind hier alle etwas vergesslich und zerstreut. Das ist okay, wenn man neunzig ist.«

Das hatte sie sehr lieb gesagt, doch ich blieb untröstlich.

Ich habe sämtliche Alanito-Mitglieder angerufen. Lange, intensive Gespräche. Fast den ganzen Nachmittag habe ich am Telefon verbracht. Es war vor allem gefasste Resignation zu verspüren. Es herrscht nur noch sehr wenig Streitlust in unserem Alt-aber-nicht-tot-Club.

Danach war ich völlig geschafft in meinem Sessel eingeschlafen. Gegen acht Uhr kam Leonie kurz vorbei, um nachzusehen, ob mit mir alles in Ordnung war. Sie weckte mich behutsam.

»Geht's, Hendrik?«

Nein, es ging überhaupt nicht.

Leonie nahm mich einen Moment fest in den Arm.

»Das ist alles nicht so einfach, Schatz. Das Leben hat nie ein Happy End.«

Sonntag, 22. Dezember

Nach all der Traurigkeit der letzten Tage ist es an der Zeit, dem Ganzen etwas Positives entgegenzusetzen. So hat es beispielsweise auch Vorteile, wenn man dement wird. Man spart sich eine Menge Sorgen. Klimaveränderung? Brexit? Trump? Kann alles in die Tonne. Eine Tonne, in deren Boden ein Loch klafft. Alles verschwindet.

Ich habe keine Kinder. Nicht mehr. Ich lasse niemanden zurück. Nun ja, bis auf Leonie und ein paar sehr alte Freunde, denen wenig Zeit bleibt, um mich zu trauern. Und Frida. Sie wird sich später noch vage an mich erinnern, als den netten Opa, der immer merkwürdiger geworden ist.

Ich werde schnell vergehen. Und in ein paar Jahren erinnert nichts mehr an mich.

Nur um den Hund mache ich mir Sorgen. Er ist noch zu jung. Leonie hat versprochen, sich um Fräulein Jansen zu kümmern, wenn ich völlig dement werde. Aber Leonie lebt auch nicht ewig, sie ist schon achtundachtzig.

Es gibt ein Heim für Hunde, aber dort darf Fräulein Jansen nicht hin. Es ist ein Pflegeheim für kranke, alte oder behinderte Hunde, und Fräulein Jansen ist erst vier Jahre alt.

Der Gedanke, dass er im Zwinger eines Tierheims landet, bricht mir das Herz. Ob ich wohl Frida fragen kann?

Freitag, 27. Dezember

Das Personal unseres Seniorenheims hat sich wirklich alle Mühe gegeben, aber ich habe schon fröhlichere Weihnachtsdiners erlebt.

Beim Servieren des Hauptgerichts wurde es Frau Kaptein flau. Sie glitt vom Stuhl unter den Tisch und griff dabei nach dem Tischtuch, sodass sie einige Teller und Schüsseln bei ihrem Sturz mitnahm. Als sie wieder zu sich kam, war ihre Weihnachtsdauerwelle voller Erbsen.

Es dauerte mindestens eine Viertelstunde, bis Kaptein in ihr Zimmer gebracht und das Chaos beseitigt war.

»Na prima, jetzt ist das Essen völlig kalt«, beschwerte sich Frau Scholten.

»Aber das ist doch überhaupt nicht prima!«, hielt ihre Nachbarin erstaunt dagegen.

Der Koch bot an, das Schweinefilet kurz aufzuwärmen. Die Hälfte hielt das für eine gute Idee. Bis sie das Fleisch endlich wieder hatten, noch stärker durchgegart als gewöhnlich, löffelten ihre Tischgenossen bereits Vanilleeis mit heißer Schokoladensoße. Die Bewohner, die sich für ein aufgewärmtes Hauptgericht entschieden hatten, bekamen kurz darauf ein halb geschmolzenes Eis.

»Tut mir leid, aber ich kann nicht alles gleichzeitig, aufwärmen und kühl halten«, entschuldigte sich der Koch.

Als es keine Weihnachtsplätzchen zum Kaffee gab, nahm das Gemeckere epidemische Ausmaße an. Bis der schwitzende Koch mit der Keksdose hereingestürmt kam, waren die ersten Mitbewohner bereits miesepetrig in ihre Zimmer verschwunden.

Ich habe dann noch aus reinem Trotz zwei übrig gebliebene Flaschen Wein geleert.

»Sei vernünftig, Hendrik«, warnte mich Leonie, aber darauf hatte ich dieses Mal wirklich keine Lust. Dann lieber einen Brummschädel am nächsten Tag.

Nun, den hatte ich.

Mittwoch, 1. Januar

Ich habe es zum ersten Mal in achtzig Jahren nicht bis Mitternacht geschafft. Leonie war bei mir zu Besuch. Wir hatten jeder einen Krapfen. Die Schale mit beiden Krapfen wirkte ein bisschen traurig. Ich hätte besser eine ganze Tüte kaufen und den Rest am nächsten Morgen zum Kaffee verteilen sollen, dachte ich mir, doch dafür war es nun zu spät. Wir spielten eine Partie Rummikub. Mir liegt nicht viel daran, aber Leonie spielt es gern, also tue ich so, als ob ich Spaß daran hätte.

Ich hatte eine gute Flasche Wein besorgt, die erstaunlich schnell leer war. Ich wollte noch eine öffnen, aber Leonie hielt das für keine gute Idee.

»Warte noch ein bisschen, Hendrik, ich habe für später eine Flasche Champagner in den Kühlschrank gestellt.«

Ich hatte das Gefühl, dass Leonie mich ein wenig bevormundete.

Danach bin ich bei Dolf Jansens kabarettistischer Silvesterkonferenz eingeschlafen. Leonie weckte mich um elf, weil ich Dolf mit meinem Schnarchen übertönte. Langsam drang die Peinlichkeit der Situation zu mir durch.

»Entschuldige, Leonie«, hab ich, glaub ich, gesagt.

»Macht nichts. Es war sowieso nicht sonderlich amüsant«, antwortete sie.

Ich musste plötzlich weinen.

Leonie nahm mich in den Arm.

»Leg dich ruhig ins Bett, Hendrik. Den Champagner trinken wir einfach morgen.«

Freitag, 3. Januar

Normalerweise bin ich nicht so der emotionale Typ, aber in letzter Zeit kommen mir schnell die Tränen.

Sein Leben lang war Herr Groen ein Muster an Selbstbeherrschung, sowohl in der Schule wie auch außerhalb, doch inzwischen ist der gescheite Direktor mitunter urplötzlich traurig oder wütend.

Samstag, 4. Januar

Ich habe lange hin und her überlegt, ob ich Frida wirklich fragen kann. Vielleicht würde ich sie damit in Gewissensnöte bringen.

Heute Morgen kam sie bei mir vorbei, um mir ein gutes neues Jahr zu wünschen. Anschließend spielten wir eine Partie Schach. Früher, das heißt vor einem Jahr, ließ ich sie meist gewinnen. Heute vermute ich, dass sie das Gleiche hin und wieder bei mir macht. Oder zumindest dafür sorgt, dass die Partien nicht zu schnell enden.

»Aber Opa, das würde ich nicht tun, dann nehme ich dir mit meinem Läufer einfach die Königin ab.«

»Oha, das habe ich ganz übersehen. Opa ist heute ein bisschen zerstreut.«

»Genau wie letzte Woche«, gab sie leise kichernd zurück.

»Du willst mich doch wohl nicht piesacken, oder?« (Frida darf sich bei mir alles erlauben.)

Als wir nach dem Schach mit Fräulein Jansen eine Runde am Strand drehten, habe ich sie gefragt.

»Hör mal, Frida, ich bin ja schon ganz schön alt. Es könnte also sein, dass ich nicht mehr so lange lebe … und dann …«

»Du darfst aber noch nicht sterben, Opa«, unterbrach sie mich ernst.

»Das habe ich auch nicht vor, aber wenn man neunzig ist, kann man schon mal sterben. Und außerdem wird mein Kopf immer wirrer.«

»Dann musst du zum Friseur.« Sie lachte.

»Innerlich, innerlich wirr. In meinem Hirn wird es durcheinander.«

»Das ist nicht so schlimm, Opa. Ich helf dir schon, wenn es nötig ist.«

Es war kurz still.

»Aber wenn ich jetzt doch sterbe, könntest du dich dann eventuell um Fräulein Jansen kümmern?«

Ihre Augen begannen zu leuchten. Ein lautes, lang gezogenes »Jippiiie« erscholl über den Strand.

Ich musste ihre Euphorie etwas dämpfen.

»Halt, halt, Frida, da wäre noch eine wichtige Kleinigkeit. Nicht nur du musst es wollen, auch deine Mutter. Sonst geht es nicht.«

Sie wollte am liebsten sofort nach Hause rennen, um ihre Mutter zu fragen. Ich war gerührt von ihrer Begeisterung.

»Ich hoffe nicht, dass du jetzt hoffst, dass ich bald sterbe, damit Fräulein Jansen schnell bei dir einziehen kann«, sagte ich lachend.

»Aber natürlich nicht«, versetzte sie bestürzt.

Montag, 6. Januar

»Sie erlaubt es nicht«, sagte Frida mit betrübter Miene.

»Verdammt!«, entfuhr es mir. Frida erschrak.

»Oh, Entschuldigung. Ich meinte: furchtbar schade«, verbesserte ich mich schnell.

»SCHERZ, SIE HAT ES DOCH ERLAUBT!«

»Wirklich? Großartig! Wie hast du das geschafft?«

»Ich habe versprochen, dass ich das allerliebste Kind der Welt werden würde. Aber das wollte sie lieber nicht. Dann habe ich gesagt, dass ich genauso lieb bleiben würde wie jetzt, und dann durfte ich.«

Ich lobte sie für ihre brillante Taktik, aber sie wusste nicht, was Taktik ist.

Frida berichtete, dass ihre Mutter zunächst wenig begeistert gewesen war, dass sie ihr danach aber ein paar Videos auf ihrem Handy gezeigt hätte. Dann habe sie noch hinzugefügt, »wirklich, wirklich, ich verspreche es ganz, ganz fest«, dass sie jeden Tag dreimal mit dem Hund gehen würde. Ihre Mutter meinte daraufhin, dass sie erst noch eine Nacht darüber schlafen wolle.

»Und ich hab dann natürlich vor lauter Aufregung die ganze Nacht kein Auge zugetan.«

Am nächsten Morgen stand sie um sieben Uhr neben dem Bett ihrer Mutter.

»Und? Darf ich?«

Ja, sie durfte, unter der Voraussetzung, dass sie Fräulein Jansen zweimal am Tag Gassi führen würde. Ihre Mutter würde die dritte Runde übernehmen. Ihr kleiner Bruder sollte zur Not einspringen, denn der wollte natürlich auch gern, war aber noch ein bisschen zu klein.

»Oh, ich freue mich so, Opa.«

»Aber … noch bin ich nicht tot …. Noch ist es *mein* Hund.«

»Oh ja, das stimmt.« Frida sah kurz betreten zur Seite, doch sogleich hellte sich ihre Miene wieder auf. »Aber wir könnten ihn derweil ja besonders oft zusammen rauslassen, damit er sich richtig gut an mich gewöhnt.«

Einen besseren Vorschlag hätte selbst ich nicht machen können.

»Hol die Leine, Frida. Ah nein, die hat er ja schon um.«

Donnerstag, 9. Januar

Seit ein paar Tagen haben wir einen neuen Mitbewohner. Er heißt Herr Handjojo und kommt aus Niederländisch-Indien. Ein kleiner, freundlicher, höflicher Mann. Gestern bin ich mit ihm ins Gespräch gekommen, und was stellte sich heraus: Er war neununddreißig Jahre lang Lehrer an einer Grundschule. Erst auf Java, später in Drenthe.

»Java, Bali, Lombok, Sumbawa, Sumba, Flores, Timor«, leierte ich sogleich herunter.

Er konterte prompt: »Groningen, Hoogezand-Sappemeer, Veendam, Stadskanaal, Neu-Pekela, Alt-Pekela.«

»Topografie, da macht uns keiner was vor!«, rief ich begeistert und wollte ihm einen High five geben, wie ich es von Frida gelernt hatte, aber das verstand Herr Handjojo nicht. Meine Hand blieb in der Luft hängen, während er ihr lächelnd nachsah.

Wir haben uns ausgiebig über das Unterrichten in der guten alten Zeit unterhalten. Nun ja, es war nicht immer alles eitel Sonnenschein – er hatte bei politischen Aktionen einen Neffen verloren –, aber, so sagte er: »Das habe ich den Niederlanden vergeben. Und jetzt sorgt dieses Land gut für mich«, und dabei wies er um sich herum.

Wir alten Lehrer sind uns einig: So schlecht war das Leben früher nicht.

Freitag, 10. Januar

Es will nicht richtig Winter werden. Stattdessen haben wir eine ein-/zweimonatige Verlängerung des Herbstes. Es regnet in Strömen, ist ständig windig und kein Schnee oder Frost in Sicht.

Wenn ich den Hund nicht hätte, ich ginge gar nicht raus. So drehe ich brav dreimal täglich meine Runde. Ich würde mitunter auch öfter gehen, wenn ich mir nicht sicher bin, ob ich schon war oder nicht, aber dafür habe ich inzwischen eine Lösung gefunden. Ich warte einfach, bis Fräulein Jansen winselnd und mit der Leine im Maul vor mir steht. Dann muss das große oder kleine Geschäft erledigt werden. Der Hund täuscht sich nie, obwohl er nicht einmal die Uhr lesen kann.

Ein paar Mal pro Woche spazieren wir inzwischen zu viert am Strand: Leonie, Frida, Fräulein Jansen und ich. Das sind für mich die schönsten Momente der Woche. Frida rennt mit dem Hund kreuz und quer dem Ball nach, während wir Arm in Arm zum Rauschen der Wellen hinterherschlendern. Wir lassen uns vom schlechten Wetter nicht die Laune verderben. Einzig strömender Regen vermag uns im Haus zu halten.

Wieder im Heim, versorgt Frida Fräulein Jansen mit Futter und Wasser.

»Ich kann das schon gut, oder?«

»Was?«

»Mich um ihn kümmern.«

»Ja, in der Tat. Ich gebe dir eine Eins minus dafür.«

»Warum keine Eins?«

»Eine Eins ist dem Meister selbst vorbehalten.«

Samstag, 11. Januar

Mit Herrn Handjojo ist es sehr viel geselliger geworden. Er setzt sich gern zu uns an den Tisch. Auch Leonie kann ihn gut leiden.

»Ein echter Schatz«, hat sie gesagt.

Wir schwatzen wie drei alte Waschweiber. Manchmal, wenn es sich zu lange um Schule-in-der-guten-alten-Zeit dreht, fragt Leonie verschmitzt, ob wir jetzt kurz über Quantenmechanik sprechen könnten.

Das heißt, dass sie gern wieder mitreden würde.

Herr Handjojo ist ebenso wie ich begeisterter Puzzler. Je mehr Teile, desto besser. Leonie strickt lieber. Diese Hobbys kommen sich nicht ins Gehege, sie können am selben Tisch ausgeübt werden, und es lässt sich wunderbar dabei plaudern. Zum Beispiel über Quantenmechanik.

Dienstag, 14. Januar

»Guten Tag, Herr Groen«, ertönte es hinter mir.

Ich kannte die Stimme, aber von wem nur? Ich drehte mich um und stand direkt vor Frau Stelwagen.

»Guten Tag, Frau… äh…« Ich hatte ihren Namen so schnell nicht parat.

»Stelwagen«, ergänzte sie. »Wie nett, Sie wiederzusehen.«

»Das ist in der Tat eine… besondere Überraschung. Sie werden doch wohl nicht unsere neue Heimleiterin, oder?«

Es klang möglicherweise ein wenig verängstigt, denn sie lachte auf, was bei ihr allerdings ein gnädiges Lächeln bedeutet.

»Nein, nein, keine Angst. Ich bin wegen der regionalen Heimleiterkonferenz hierhergekommen. Wie ist es mit Ihnen? Haben Sie sich gut eingelebt?«, fragte sie.

»Es ist sehr angenehm hier. Ich muss mich noch bei Ihnen bedanken.«

Sie zog die Augenbrauen hoch.

»Oh, wofür?«

»Weil Sie dafür gesorgt haben, dass Leonie und ich gemeinsam von Amsterdam-Nord hierher versetzt wurden. Darüber sind wir immer noch sehr froh.«

»Gern geschehen. Ich fand immer, dass Sie ein netter und ganz besonderer Herr sind.«

»Das haben Sie damals aber gut zu verbergen gewusst.«

Sie schluckte.

Sie öffnete den Mund, um etwas zu sagen, brachte aber nichts heraus.

Ich bekam ein wenig Mitleid mit ihr und fragte sie, ob sie vielleicht Lust und Zeit hätte, eine Tasse Kaffee mit mir zu trinken.

Sie zögerte, blickte auf die Uhr.

»Eigentlich muss ich jetzt zur Konferenz, aber … ich kann … ich sage kurz Bescheid, dass ich eine Viertelstunde später komme.«

Aus der Viertelstunde wurden dreißig Minuten, bis unser Heimleiter sie schließlich suchte.

»Oh, da bist du. Wir warten schon eine Weile auf dich.«

»Ich komme gleich.«

Wir haben uns freundlich und mit langem Händedruck voneinander verabschiedet. Formell und emotional zugleich.

»Auf Wiedersehen, Herr Groen.«

»Auf Wiedersehen, Frau Stelwagen.«

Wir haben uns beim Kaffee wunderbar über unsere Jahre in Amsterdam-Nord unterhalten. Sie wollte wissen, ob ich hier einen neuen Alanito-Club gegründet hätte, und fand es schade, als ich ihr berichtete, dass es mir nicht gelungen war.

»Sie hatten einen wunderbaren Club bei uns in Nord. Ich konnte es natürlich nicht laut sagen, aber ich war schon ein bisschen stolz darauf, dass sich das alles in meinem Heim abgespielt hat.«

Als ich sie fragte, warum sie das nicht laut habe sagen können, blieb es still.

»Wenn Sie das damals gesagt hätten, wären wir alle ein ganzes Stück glücklicher gewesen, Frau Stelwagen.«

Sie blickte kurz zur Seite. Dann nickte sie.

»Ich denke, Sie haben recht, Herr Groen.«

»Eigentlich sind Sie eine nette Frau, Sie wollen es sich nur nicht anmerken lassen.«

Sie lachte. Und ich glaube, dass sie ein wenig errötete.

»Ich arbeite daran, Herr Groen. Mögen Sie noch einen Keks?«

Donnerstag, 16. Januar

In Bergen aan Zee sickern immer mehr besorgniserregende Nachrichten aus China durch: Dort gibt es ein Virus, das es vor allem auf alte, schwache Menschen abgesehen hat. Es trägt den freundlichen Namen »Corona« und ist hoch ansteckend.

Die Bewohner sind sehr beunruhigt.

»China liegt auf der anderen Seite der Welt, so schnell geht das nicht«, führte ich ins Feld, doch meine Erklärung stieß auf taube Ohren.

Sie sandten reihenweise ihre einkaufenden Söhne und Töchter aus, um in der Drogerie Desinfektionsmittel zu besorgen. Und zur Sicherheit auch noch paar Extrapackungen Kekse.

Freitag, 17. Januar

»Soll ich dir einen Pottwal zeigen, Opa?«, hatte mich Frida gefragt.

»Einen Pottwal?«

»Na ja, nur seine Knochen, da ist kein Fleisch mehr dran. Oder … hat ein Fisch überhaupt Fleisch?«

»Er besteht aus Fischfleisch, denk ich, aber das klingt ein wenig seltsam«, meinte ich.

Ich war schon oft daran vorbeigelaufen, aber nie drinnen gewesen: das Meeresaquarium in unserem schönen Dorf. Frida besaß eine Jahreskarte und hatte vorgeschlagen, eine Führung mit mir zu machen. Die fand gestern Nachmittag statt.

»Das ist also der Pottwal. Oder das, was davon übrig ist.«

Dort stand ein riesiges Skelett. Wir fanden auch die Antwort auf die Fisch-oder-Fleisch-Frage: Ein Pottwal ist gar kein Fisch, sondern ein Säugetier. Also, so dachten wir, hat er keine Gräten, sondern Knochen, und daran nicht Fisch, sondern Fleisch.

Anschließend gingen wir zum Becken mit den Piranhas.

»Wenn du da reinfällst, fressen sie dich komplett auf«, erklärte Frida und gruselte sich sichtlich.

Ich zog einen Schuh und eine Socke aus. »Sollen wir mal ausprobieren, ob sie Hunger haben?« Ich tat so, als würde ich einen Zeh ins Wasser stecken.

Frida stieß einen Schrei aus. »Hör auf, Opa!«

Kurz darauf gelangten wir zu Fridas besten Freunden, den Seehunden Selma und Tjark.

»Sie kennen mich, Opa. Der eine, Tjark, begrüßt mich immer, wenn er mich sieht.«

Frida ahmte überraschend echt einen Seehund nach. Und noch einmal. Nach dem vierten Mal heulte Tjark zurück. »Uh, uh, uh.« Oder wie schreibt man den Laut von Seehunden?

Frida stand da, berstend vor Stolz, mit einem Blick, der sagte: »Ich spreche Seehündisch.«

Danach führte sie mich an ein paar Hundert verschiedenen Fischarten vorbei, alle mit denselben schaurigen Fischaugen. Ich hab's nicht so mit Fischen, ich steh eher auf Tiere mit Fell als mit Schuppen.

Zum Abschluss des Rundgangs musste ich einen Rochen streicheln. Es kostete mich einiges an Selbstüberwindung, so einen platt gedrückten Fisch anzufassen, aber mir blieb keine andere Wahl, ich konnte doch mein kleines Mädchen nicht enttäuschen. Ich muss zugeben, dass ich froh war, als wir endlich mit einem Eis in der Hand draußen auf der Parkbank saßen. Dafür war es zwar eigentlich zu kalt, aber das war uns egal.

Samstag, 18. Januar

Ich konnte meine Brille nirgends finden, besaß aber noch die Geistesgegenwart, zunächst auf meinem Kopf danach zu tasten. Da war sie nicht. Habe eine Dreiviertelstunde in diesem beschissenen kleinen Zimmer nach ihr gesucht.

Bin dann einfach ohne Brille mit dem Hund gegangen, der inzwischen schon eine halbe Stunde lang winselte, weil er rauswollte. Ich sah alles verschwommen und ließ

Fräulein Jansen zur Sicherheit an der Leine. Eigentlich hat er mich Gassi geführt. Auf jeden Fall stand ich nach einem Weilchen wieder wohlbehalten vor dem Eingang unseres Seniorenheims.

Irgendwann fand ich die Brille im Wäschekorb. Hatte ich sie eventuell mit meiner Hose hineingeworfen?

Ich muss mir etwas überlegen, damit ich nicht den ganzen Tag meine Sachen verlege, aber was?

Eine große Kiste, in die ich alles, was ich nicht verlieren will, hineinwerfe?

Es ist der Moment des Weglegens, um den es geht. Dieser Moment entfällt meinem Gedächtnis immer häufiger. Ich erinnere mich oft nicht mehr, was ich noch vor einer Viertelstunde gemacht habe. Sehr frustrierend. Die Machtlosigkeit macht mich mitunter wütend. Einmal habe ich bereits eine Einkaufstasche in die Ecke gepfeffert. Ich hielt sie in der Hand und hatte keine Ahnung, was ich damit anfangen wollte. Dann habe ich auch noch eine Vase umgeschmissen. Ich schäumte vor Wut. Was muss ich alles erleiden!

Stunden später fiel mein Blick auf einen Stapel alter Zeitungen, und plötzlich wusste ich wieder, dass ich diese in die Einkaufstasche hatte stecken wollen, um sie zum Altpapiercontainer zu bringen.

Dienstag, 21. Januar

Heute ist der Geburtstag meiner kleinen Tochter. Na ja, *klein*, sie wäre heute dreiundsechzig Jahre alt geworden. Man kann sich das überhaupt nicht vorstellen. Ihr Bild ist stehen geblieben bei dem kleinen Mädchen von vier Jahren, das sie damals war.

Gestern bin ich die Liste meiner inzwischen verstorbenen Freunde und geliebten Menschen durchgegangen. Dabei kam ich auf eine Idee: Ich besuche heute Nachmittag das Grab von Evert. Butterbrote geschmiert, etwas Futter für Fräulein Jansen in die Tupperdose gefüllt, warme Sachen angezogen, dann mit dem Hund zur Bushaltestelle gelaufen und den Bus zum Bahnhof Alkmaar genommen. Im Bus schaffte ich es noch, mir mit der EC-Karte ein Ticket zu kaufen, doch am Bahnhof konnte ich nirgends einen Schalter finden. Ein gestrenger Herr in Uniform verwies mich an einen Automaten. Dort versuchte ich wirklich sehr lange, eine Fahrkarte zu lösen, ohne Erfolg. Zu kompliziert. Als schließlich der Zug einfuhr, gab ich es auf und stieg ohne Ticket ein. Sonst hätte ich eine halbe Stunde warten müssen.

Ich hatte Glück: kein Schaffner zu sehen. Doch in Amsterdam konnte ich ohne Ticket den Bahnhof nicht verlassen. Überall Absperrungen. Ich wirkte wahrscheinlich sehr hilflos, denn ein Mädchen, Ohren und Nase mit Ringen durchlöchert, fragte, ob sie mir helfen könne. Ich erklärte ihr, dass ich kein Ticket hätte, um herauszukommen.

»Passen Sie auf, das lösen wir so«, sagte sie, »Sie stellen sich dicht vor mich, und wenn ich sage ›los‹, dann laufen Sie durch die Schranke.« Sie hielt mich fest, sah sich vorsichtig um, hielt ein Kärtchen unter das Lesegerät, die Schranken öffneten sich, und sie rief: »Los!«

Wie miteinander verschmolzen glitten wir gemeinsam der Freiheit entgegen. Danach begleitete sie mich zu den Taxis. Der erste Fahrer machte Theater wegen Fräulein Jansen. Meine neue Punkerfreundin beschimpfte ihn aufs Deftigste und fand nach kurzem Herumfragen ein Taxi, in dem Hunde mitgenommen werden durften.

Sie winkte uns, als wir wegfuhren.

Zum Glück hatte ich mir den Namen des Friedhofs auf einen Zettel geschrieben.

Es war totenstill auf dem Friedhof. Das war auch gut so, denn Fräulein Jansen pinkelte hie und da an einen Grabstein, und das war bestimmt nicht erlaubt. Ich wusste noch genau, wo Everts Grab war. Wir hatten den Platz damals gemeinsam ausgesucht. Daneben stand eine Parkbank.

Wir haben uns wunderbar unterhalten, Evert und ich.

»Hast du es einigermaßen nett dort in Bergen? Gibt es dort auch etwas anzustellen?«

Ich erzählte von Frida und Leonie, von den Strandspaziergängen und der netten Oberschwester und von der Versammlung von Alanito.

»Gut gemacht, mein Freund. Du hast den Kopf nicht hängen lassen. Und hin und wieder ein guter Wein oder ein Schnäpschen, hoffe ich doch?«

Ich berichtete ihm, wie ich völlig blau während der Alanito-Feier auf dem Tisch getanzt hatte, und Evert war stolz auf mich.

Es war kurz still. Wir sahen uns um.

»Wie würdest du es finden, wenn ich in deiner Nähe liegen würde?«, fragte ich.

Evert zog eine Augenbraue hoch.

»Das hatten wir doch schon ausgemacht, mein Freund. Mehr noch, du solltest eine Flasche Genever mitbringen. Also gern, komm ruhig zu mir, denn ansonsten liegt hier der Hund begraben.«

»Ich gehe gleich zur Verwaltung«, sicherte ich ihm zu.

»Aber dass du mir nachts nicht herumspukst«, warnte mich Evert noch.

Dann nahm er Fräulein Jansen bei den Schlappohren und verpasste ihm einen Kuss auf die Nase.

»Na, du bist aber groß geworden. Kümmerst du dich auch gut um meinen besten Freund?« Und zu mir: »Es wird kalt, Henk. Zeit zu gehen.«

Ich bin in das Büro gegangen, um mich zu erkundigen, ob ich auf Everts Feld ein Grab reservieren könnte. Hinter einem Schreibtisch saß eine Frau, die einigermaßen verstört aufblickte, als ich mit Fräulein Jansen hereinkam.

Sie könne nichts für mich reservieren, aber wenn ich nicht allzu lange mit dem Sterben warte, gebe es bestimmt noch Platz.

Ich musste ein Formular ausfüllen und unterschreiben und bekam eine Kopie davon ausgehändigt. Als ich mich im Weggehen verabschiedete, sagte sie: »Netter Hund. Aber eigentlich dürfen keine Hunde auf den Friedhof. Sie buddeln manchmal Löcher, verstehen Sie.«

Ich dachte an Pluto, der immer seine Knochen in der Erde vergrub.

Für die Rückreise konnte ich am Hauptbahnhof am Schalter ein Ticket ergattern. Einmal am Tag schwarzfahren schien mir genug.

Um kurz vor fünf spazierte ich in das Seniorenheim.

»So, sind Sie endlich wieder da?«, begrüßte mich der Portier. Wie sich herausstellte, hatte Leonie schon ein paarmal gefragt, ob mich irgendwer gesehen hatte.

Ich bin zu ihrem Zimmer gegangen, um ihr zu erklären, dass sie sich keine Sorgen hätte zu machen brauchen und dass ich sie von Evert grüßen solle.

Mittwoch, 22. Januar

Frida sah mich mit großen Augen an.

»Was machst du denn da, Opa?«

»Ich fülle Zucker nach.«

»Ja, aber das ist die Keksdose.«

Ich versuchte noch, so zu tun, als ob ich Spaß machte, sah aber an ihrem Gesicht, dass sie mir nicht glaubte.

»Macht nichts, Opa. Sollen wir die Kekse dann in die Zuckerdose tun?«

Donnerstag, 23. Januar

Die Bewohner machen sich gegenseitig immer mehr verrückt. Bis jetzt sind in China nur alte und kranke Menschen am Coronavirus gestorben; das sorgt überall für Beruhigung, ausgenommen in einem Seniorenheim. Hier sorgt es für zusätzliche Unruhe. Und Zorn.

»Immer sind wir Alten die Dummen«, wetterte Frau Alberts. »Rentenkürzungen, Kinder, die nie zu Besuch kommen, und jetzt auch noch dieses Virus, das ist wirklich nicht fair.«

Ich fragte sie, ob es ihr lieber wäre, wenn an dem Virus Kinder verstürben und die Alten verschont blieben.

Sie sah mich argwöhnisch an.

Ich wiederholte: »Wäre es Ihnen lieber, wenn Kinder daran sterben?«

Nach einigem Überlegen befand sie, dass alle Menschen die gleiche Chance haben sollten, an dem Virus zu erkranken.

Ich erwiderte darauf: »Was sind Sie nur für eine dumme Sau.«

Ihr Mund klappte vor Erstaunen auf.

Ich tue das nicht gern, jemanden beschimpfen, aber manchmal muss es sein. Leonie musste später noch darüber grinsen.

»Sehr anständig von dir, Hendrik, dass du die Sau gesiezt hast.«

Der erste Bewohner mit Mundschutz wurde gesichtet. Vom Baumarkt. Gegen Staub. Es war ein gebrauchter Mundschutz, ein wenig Sägemehl klebte noch daran.

Ich merkte, dass er die anderen damit auf eine Idee brachte.

Ich habe bis vor Kurzem jeden Tag beim Gedächtnistraining der TV-Sendung *Max* mitgemacht. Obwohl ich gemogelt habe, wurden die Ergebnisse schlechter und schlechter. Von der Einkaufsliste wusste ich am Ende höchstens noch drei oder vier der acht Positionen.

Ich habe damit aufgehört, weil ich mich immer öfter geärgert habe. Über mich selbst und über die blöden Besorgungen.

Freitag, 24. Januar

Mein Elektromobil hat eine Delle. Ich kann nichts dafür. Die Gemeinde Bergen aan Zee hat vor dem Eingang unseres Seniorenheims neue Betonpoller aufgestellt, damit vor unserer Tür keine Autos abgestellt werden. Aber die Pfeiler sind fast nicht zu sehen. Als ich gestern vom Einkaufen beim Simon-de-Wit-Supermarkt zurückkam, war es bereits dämmerig und meine Brille beschlagen, es war also kein Kunststück, die Poller zu übersehen. Ich glaube, es hat mich dabei sogar vom Sitz gerissen.

Der Portier hat mein Elektromobil von dem Poller losgeruckelt, an dem ich hängen geblieben war, und einiges gerade gebogen, sodass ich weiterfahren konnte. Das Ganze dauerte lange genug, um einer beträchtlichen Anzahl Bewohner die Gelegenheit zu geben, sich in der Eingangshalle zu scharen und mich entweder blöde anzugaffen oder nützliche Bemerkungen zu machen wie: »Nächstes Mal müssen Sie aber besser aufpassen« und: »Oha, das ist aber eine ordentliche Delle«.

Und mein Wägelchen machte auch noch laut piepende Geräusche, weil alle auf mich zugelaufen kamen, als ich mitten durch die Spalier stehenden Bewohner in die Eingangshalle fuhr.

Ich benutze mein Elektromobil zum Einkaufen und um den Hund rauszulassen. Allerdings nicht, wenn ich zum Strand gehe, dann nehme ich meinen Spezialstock, der nicht so leicht im Sand versinkt. Ich gehe eigentlich am liebsten nur noch mit Leonie oder Frida zum Strand. Wenn ich dann stürze, ist zumindest jemand da, um mir aufzuhelfen. Das ist bisher zweimal passiert. Zum Glück fällt man nicht allzu hart auf den Sand, aber ein kurzer Schreck ist es doch.

Sehr weit kommen wir meist nicht, vielleicht dreihundert Meter, aber ich finde es herrlich. Das Meer und der Wind machen mich ganz ruhig. Ich genieße die Gesellschaft von Frida und Fräulein Jansen, die um uns herumrennen.

Manchmal bilde ich mir ein, ich würde mit Eefje über den Strand wandeln. Arm in Arm. Sie zeigt mir einen Seeregenpfeifer (ich habe mir einfach irgendeinen Vogel ausgedacht, ich glaube, den gibt es wirklich), und ich nicke anscheinend interessiert. Sie lacht, und ich lache zurück. Wir brauchen nicht viele Worte. Bevor wir auf halbem Wege umkehren, geben wir uns ein Küsschen. Das ist Tradition.

Am Strandpavillon, in der Nähe unseres Heims, trinken wir Kaffee oder Wein. Sie ordnet ihre vom Wind zerzauste Frisur und streicht die paar Haare, die mir noch verblieben sind, zurück an ihren Platz.

In meiner Fantasie vermag ich, restlos glücklich zu sein.

Samstag, 25. Januar

Social Trials Demenz (wichtig!!) hatte ich mir notiert, aber als ich irgendwann wieder auf den Zettel stieß, hatte ich keine Ahnung mehr, um was es sich dabei handelte. Ich habe mich bei der netten Schwester – sie heißt, glaube ich, Fatima – erkundigt, ob sie vielleicht etwas damit anfangen könne.

Sie wusste es auch nicht, fragte aber für mich nach.

Eine Stunde später klopfte es an meine Tür. Es war Frau Schuttevaar, die Leiterin unseres Wohnbereichs. Sie ist eine Frau in den Fünfzigern mit großem Herzen, einem bescheidenen Ego und gesundem Menschenverstand. Sie steht mit beiden Beinen auf der Erde und strahlt Ruhe und Lebensfreude aus. In etwa das Gegenteil von der Stelwagen.

»Hallo, Herr Groen, wie geht es Ihnen? Ich habe gehört, Sie haben eine Frage zu *Social Trials Demenz*?«

Ich erklärte ihr, dass ich wohl irgendetwas darüber

gelesen hatte, das mir wichtig erschien, dass ich aber vergessen hatte, was.

»Nun, es trifft sich gut, dass Sie sich gerade danach erkundigen«, meinte sie, »dieser englische Begriff beschreibt etwas, das speziell auf ältere Menschen zugeschnitten ist: Durch Experimente soll ermittelt werden, wie Gemeinden, Pflegebüros und Einrichtungen die Pflege und Unterstützung Dementer und ihrer Angehörigen verbessern können.«

»Ich bin nicht scharf darauf, dass mit mir herumexperimentiert wird. Und ich bin noch lange nicht dement.« Ich merkte, dass meine Reaktion bissig ausfiel.

Sie ging darüber hinweg und meinte, dass ich es offensichtlich durchaus für wichtig befunden hätte.

»Ich muss zugeben, das steht auf dem Zettel.«

Sie erklärte, dass es dabei um Maßnahmen ginge, die dazu beitragen, dass Menschen möglichst lange und gut zu Hause leben könnten, etwa mithilfe einer Vertrauensperson.

»Oh ja, das war es.« Jetzt wusste ich es wieder. »Ich wollte Leonie fragen, ob sie meine Vertrauensperson werden möchte.«

»Voilà!«, versetzte Frau Schuttevaar. »Problem des Zettels gelöst. Und so, wie ich Frau Van der Horst kenne, können Sie kaum eine bessere Vertrauensperson finden.«

Gleich am Nachmittag habe ich sie gefragt.

»Leonie, ich bin doch ab und an ein bisschen neben der Spur, und jetzt habe ich gelesen, dass die Bestimmung einer Vertrauensperson … äh … sagen wir, eine gewisse Stütze sein kann. Möchtest du meine Vertrauensperson sein?«

»Ach je, Hendrik, das würde ich gern, aber …«

»Ich will dir natürlich nicht zur Last fallen.«

»Aber nein, Schatz, du bist mir doch nie eine Last.

Aber ich weiß nicht, was ich als Vertrauensperson genau tun muss und ob ich das überhaupt kann.«

Ich sagte ihr, dass Frau Schuttevaar sie für eine großartige Vertrauensperson hielt und dass wir mal mit ihr besprechen könnten, was das alles beinhaltete.

»Also schön. Ich mache es. Dann habe ich eine Aufgabe«, willigte Leonie ein. »Aber nicht, dass du mir irgendwann anfängst, dauernd zu jammern und zu meckern, Hendrik Groen.«

Ich versprach, mein Bestes zu tun, um ein fröhlicher, unkomplizierter, nichtquengelnder Dementer zu werden, dass ich das aber nicht zu hundert Prozent garantieren könne.

»Weißt du, Leonie«, schloss ich, »eigentlich bist du schon längst meine Vertrauensperson.«

»Und du meine, Hendrik.«

»Noch.«

Sonntag, 26. Januar

»Was steht denn bei dir alles herum?«, rief Leonie entgeistert.

Beim Betreten meines Zimmers war sie beinahe über einen großen Stapel Schachteln gestolpert.

»Ich hab mit dem Elektromobil ein paar Puzzle besorgt«, erklärte ich.

»Ein paar, das sind bestimmt … äh … an die zwanzig.«

»Vierzehn, und sie waren überhaupt nicht teuer«, verteidigte ich mich.

Ich berichtete, dass ich im Secondhandladen gewesen

war und dort sämtliche Puzzles mit über zweihundert Teilen gekauft hatte.

»Alles zusammen gerade mal dreißig Gulden.«

»Dreißig Euro.«

»Ist doch egal. Jedenfalls bin ich jetzt erst mal beschäftigt«, sagte ich lachend. »Herr Jojo hat mich auf die Idee gebracht, eigentlich Herr Handjojo, aber ihn stört es nicht, wenn ich ihn Jojo nenne, das kann ich mir besser merken.«

Wir puzzeln nämlich gern zusammen, doch er hatte nur zwei, überdies ziemlich einfache, Puzzles, und damit waren wir schon an einem Tag fertig. Er wollte dann die Teile wieder vermischen und von Neuem beginnen, aber dazu hatte ich keine Lust. Und so bin ich in den Secondhandladen gefahren. Jetzt sind wir mindestens für die nächsten Wochen versorgt. Es gibt allerdings auch einen Nachteil an gebrauchten Puzzles: Man weiß nie, ob sie vollständig sind. Ich kann mich maßlos ärgern, wenn bei einem Puzzle drei oder vier Teile oder auch nur ein einziges fehlt.

Jojo macht das nichts aus. Der ist unerschütterlich.

Dienstag, 28. Januar

Eine meiner größten Ängste ist, irgendwann schmuddelig zu werden.

»Leonie, könntest du bitte, bitte darauf achten, dass ich halbwegs adrett bleibe?«, habe ich sie mehrmals gefragt. Worauf sie mir jedes Mal ihr Wort gab, ihr Möglichstes zu tun, damit ich auch als dementer Hochbetagter immer wie aus dem Ei gepellt aussehe.

Sie könnte aber natürlich auch vor mir sterben.

Also habe ich Frau Schuttevaar dieselbe dringliche Bitte unterbreitet.

»Herr Groen, solange Sie unter meiner Obhut stehen, werden Sie der gut aussehende, elegante Herr bleiben. Sie könnten jederzeit bei einer Modenschau mitlaufen, und das werden wir auch so beibehalten.«

Zum Glück hat sie mich noch nie in meiner Windel gesehen. Ich bringe übrigens momentan täglich eine ganze Packung durch.

Ich sehe um mich herum so viele traurige Beispiele. Platt getretene Pantoffeln, ungleiche Socken, Strumpfhosen voller Laufmaschen und Flecken, Flecken, überall Flecken. Ständig bekleckern wir uns: Kaffee, Kakao, Saft, Eis, Wein, Kartoffeln, Gemüse. Bei manchen Bewohnern lässt sich das Menü der letzten Tage anhand der Flecken ablesen. Ein Fleck ist bei unserer zittrigen Motorik schnell entstanden, aber dasselbe Kleid oder Oberhemd voller Flecken tagelang weiterzutragen zeugt von Nachlässigkeit, Schlamperei und mangelnder Selbstachtung. Und so etwas muss ich mir den ganzen Tag ansehen.

»Was macht es schon«, meinte Frau Schaft, als ich sie auf ein Loch in ihrem verschlissenen Pulli aufmerksam machte.

»Es sieht nicht gut aus, Mensch! Sei doch ein bisschen selbstbewusst, auch wenn du alt bist.« Ich habe es nicht gesagt, das wäre bei ihr wohl verschwendete Energie gewesen. Zum Glück besprüht sie sich großzügig mit Eau de Cologne, sonst wäre sie wohl auch noch von einer ziemlichen Miefwolke umgeben.

Ja, ich gebe es zu, das war gerade nicht nett von mir, aber es ist nichts als die harte Wahrheit: Alte Menschen pflegen sich häufig zu wenig.

Wenn ich mir hingegen so meine Freunde ansehe, scheint das ein wichtiges Auswahlkriterium für mich zu sein: Sämtliche Alanito-Mitglieder, Herr Jojo und sogar Frida inbegriffen, tragen durch die Bank fleckenlose Kleidung. Natürlich schütten auch wir uns in regelmäßigen Abständen Kaffee über die Hose, oder es landet eine Kartoffel auf dem Schoß, aber dann geht man sich einfach diskret umziehen.

Anfang Februar

Ich schaffe es schon eine ganze Weile nicht mehr, täglich zu schreiben, und wenn ich schreibe, weiß ich oft nicht, welches Datum wir gerade haben, so wie eben jetzt, und ich habe auch keine Lust nachzusehen. Darum notiere ich heute einfach nur den Monat. Auch mit dem genauen Wochentag habe ich so meine Probleme. Das liegt aber nur zum Teil an meiner Vergesslichkeit. Die meisten Tage gleichen einander dermaßen, dass es kaum eine Rolle spielt, ob nun Montag, Dienstag oder Freitag ist. Die Agenda der einzelnen Tage unterscheidet sich kaum. Aufstehen, frühstücken, Mittag essen, Abend essen und dreimal am Tag mit dem Hund gehen. Abends fernsehen, meistens mit Leonie. Manchmal, wenn ich allein bin, versuche ich, über die Programmzeitschrift herauszufinden, welcher Wochentag gerade ist. Dann suche ich im Fernsehen nach einer Sendung, die nicht jeden Tag läuft, zum Beispiel *Lebensretter hautnah,* und schaue als Nächstes in der Zeitschrift nach, für welchen Tag diese auf dem Programm steht. Fernsehzeitschrift einmal andersherum genutzt.

Ich könnte das Datum natürlich auch in der Zeitung nachlesen, aber so gefällt es mir besser. Und außerdem schnappt sich Fräulein Jansen immer mal die Zeitung, und dann bleiben nur noch Schnipsel übrig.

Leonie ist geistig noch total fit. Die weiß alles ganz genau. Sie bleibt sanft und geduldig, wenn ich mich ein wenig kopflos durch den Tag bewege.

Nach dem Abendessen machen wir beide ein kurzes Nickerchen, und wer dann als Erstes wach wird, geht zum anderen, um ihn zu wecken. Das hält sich bei uns ziemlich die Waage, wobei ich vermute, dass Leonie manchmal ein wenig schummelt. Dass sie also mitunter ein wenig länger wartet oder sich den Wecker stellt. Hin und wieder treffen wir uns im Flur, jeder auf dem Weg zum anderen. Dann haben wir uns einen Extrakeks zum Kaffee verdient. Wer zu Besuch kommt, darf bestimmen, was angeschaut wird. Zum Glück haben wir in etwa denselben Geschmack, und ich muss mir beispielsweise nicht die Show von Ivo Niehe ansehen. Ein weiterer Segen ist, dass Leonie Fußball mag. Ich steige eigentlich nur bei *Expedition Robinson* aus, weil ich da nach einer Viertelstunde schon nichts mehr kapiere. Leonie hält nichts von Actionfilmen. Das ist meine geheime Leidenschaft: Filme mit wilden Verfolgungsjagden, Schieß- und Kampfszenen und einem Haufen Toten und Verwundeten. Das passt eigentlich nicht zu einem braven, alten Rektor und ist, ehrlich gesagt, auch erst seit den letzten Jahren so. Früher habe ich mir so was nie angeschaut.

Mittwoch, 5. Februar

Literatur und Demenz haben einander in den letzten Jahren gefunden, pflegen allerdings keine fröhliche Verbindung.

Ich kenne vier Autoren, die vor Kurzem ein Buch über eine Mutter, einen Vater oder einen Partner geschrieben haben, die oder der dement wurde: Adriaan van Dis, Ivo Victoria, Clairy Polak und Hugo Borst.

Ein oder zwei habe ich angefangen zu lesen, aber so schön sie auch geschrieben sind, ich habe es nicht bis zum Ende geschafft. Es ist mir alles zu trostlos. Vielleicht kommt es meinem gegenwärtigen Zustand auch zu nahe. Ich habe eher das Bedürfnis nach *Ende gut, alles gut*.

Ich habe früher mal *Hirngespinste* von Bernlef gelesen. Dieses Buch hat mich sehr beeindruckt, ich weiß allerdings nicht mehr, warum. Ich traue mich nicht, es noch mal zu lesen. Habe Angst, dass es mich trübsinnig macht oder dass ich zu viel von mir selbst darin wiederfinde. Ich würde gern ein Buch über das Älterwerden lesen, das einen auch ein bisschen zum Lachen bringt.

Freitag, 7. Februar

Privat geführte Seniorenresidenzen schießen wie die Pilze aus dem Boden, war in der Zeitung zu lesen. »Für ein sorgenloses Leben«, stand noch dabei. Als ob wir uns in diesem Seniorenheim den ganze Tag lang Sorgen machen würden.

Herr Jojo, der gut mit Zahlen kann, hat mir dabei geholfen, mir einen genaueren Überblick zu verschaffen.

Die Kosten der Pflege in Senioren- oder Pflegeheimen, wie Personal, Unterbringung, Heizung und Licht, werden durch den Pflegefonds der Pflegeversicherungen gedeckt. Abhängig von der Pflegestufe eines Bewohners (wie viel Pflege wird benötigt?) trägt der Staat einen Betrag zwischen 3200 und 6000 Euro monatlich bei.

Zusätzlich zu den regulären Pflegeeinrichtungen gab es Ende 2019 273 private Seniorenheime. Sie werben mit besonders schönen Zimmern, zahlreichen Aktivitäten wie Kuchen backen, Zoobesuchen sowie einem Glas Wein zum Essen. Darauf läuft es, kurz gesagt, in etwa hinaus.

Der zusätzliche Beitrag, den die Bewohner für dieses Paket bezahlen müssen, beläuft sich auf 800 bis 6000 Euro pro Monat. Also rein für die Extraleistungen, zusätzlich zu dem Pflegebeitrag, den die Pflegeversicherung leistet!

Für das Geld könnte man problemlos täglich den Amsterdamer Zoo besuchen (Jahreskarte 81,50 Euro, inklusive Micropia), Wein trinken bis zum Abwinken und Kaviartorten in rauen Mengen backen. Was dann noch übrig bleibt, in manchen Fällen mehrere Tausend Euro, verbleibt im Säckel des gewieften Unternehmers. Die Zeitung nennt diese respektablen Geschäftsleute Pflegecowboys. Das erscheint mir zu viel der Ehre.

Ich war schockiert. Und mit mir Herr Jojo. Und jeder, der den Krieg mitgemacht hat. Und alle vernünftig denkenden Menschen.

Die Kehrseite der Medaille: Ich kann zum Glück noch schockiert sein. Wenn ich demnächst dement bin, ist mir das nicht mehr vergönnt.

Samstag, 8. Februar

Ich habe das Gefühl, dass mich das Personal immer weniger ernst nimmt. Bis vor Kurzem hörten sie mir aufmerksam zu, wenn ich etwas gesagt habe. Jetzt antworten die Schwestern schnell: »Ja, ja, Herr Groen«, um dann sogleich weiterzulaufen. Ich verstehe das, denn immer wieder kommt es vor, dass ich einen Satz nicht zu Ende bringe, weil ich nicht mehr weiß, worauf ich eigentlich hinauswollte.

Klare Momente wechseln sich mit verschwommenen ab.

Das Schreiben geht mir momentan noch besser von der Hand. Dabei kann ich in meinem eigenen Tempo bleiben. Außerdem schaue ich am nächsten Tag immer noch mal drüber. Dieser Lehrer hat wieder einiges zu korrigieren. Ich habe allerdings schon einige Ungenügend verteilen müssen.

Demnächst werde ich den nächsten Schritt gehen: Ich werde Leonie bitten, hin und wieder mein Tagebuch durchzusehen, ob nicht zu viel Unsinn darinsteht.

Es bleibt mir nichts anderes übrig.

Ich habe beschlossen, dass sie meine Tagebücher bekommt, wenn ich tot bin. Und sie darf dann ihrerseits entscheiden, ob sie sie weitergeben möchte, etwa an ihren Sohn oder vielleicht an Frida, falls die Interesse daran hat. Ich gebe sie aus den Händen, weil ich es sehr schön fände, wenn sie jemand irgendwann mit Freude lesen würde, obwohl ich gleichzeitig befürchte, dass sich die Lektüre vielleicht überhaupt nicht lohnt. Ich kann das selbst nicht mehr gut einschätzen und vertraue auf das Urteil von Leonie. Sie ist liebevoll, nüchtern, kritisch und ehrlich. Die perfekte Kombination.

Montag, 10. Februar

»Hallo, Opa, worüber schreibst du denn?«

Ich hatte so konzentriert in mein Tagebuch geschrieben, dass ich Frida gar nicht hatte reinkommen hören.

Ich erschrak und kippte ein Glas Wasser um, zum Glück nicht über die Tastatur.

Darüber erschrak wiederum Frida.

»Upsie«, machte sie bedröppelt, »ich hatte echt geklopft, Opa.«

»Macht nichts, Schatz, es ist nur Wasser.«

Ich beseitigte die Bescherung, so gut es ging, mit einem Stapel Taschentücher und erklärte währenddessen, dass ich gerade in mein Tagebuch geschrieben hatte.

Sie erkundigte sich, worum es in diesem Buch gehe.

»Um mich und um das, was ich erlebe. Du stehst auch drin. Das wird, denke ich, auch reinkommen.«

»Das?«

»Ja. Dass ich schreibe und etwas umwerfe, aber mich vor allem sehr freue, dass du mich besuchst.«

Frida nickte. »Tagebücher sind meistens geheim. Man kann dann schreiben, was man will, ohne dass jemand etwas blöd findet oder verrückt. Vielleicht schreibe ich auch mal Tagebuch. Dann kommst du bei mir auch vor. Ich habe schon ein Poesiealbum. Das ist nicht geheim, das darf jeder lesen.«

Ich fragte, ob ich auch etwas hineinschreiben dürfe.

Natürlich durfte ich. Mehr noch, sie rannte sofort nach Hause, um es zu holen.

Danach gingen wir mit Fräulein Jansen am Strand spazieren.

Jetzt warte ich mit gezückter Feder auf Inspiration. Auf dem Tisch vor mir liegt Fridas Poesiealbum.

Ene mene mitze, Frida mag Lakritze.
  Ene mene mitze, das Datum trägt 'ne Mütze.
  Die Zeit steht still.

Mittwoch, 12. Februar

Tagsüber puzzle ich gern, häufig gemeinsam mit Herrn Handjojo. Wir haben von Schwester Lidy, die unsere Freizeitaktivitäten plant, eine Holzplatte von ungefähr hundertzwanzig mal achtzig Zentimetern bekommen, auf der unser größtes Puzzle Platz hat, eines mit dreitausend Teilen. So können wir es beiseitelegen, wenn der Tisch zum Essen und Trinken frei gemacht werden muss. Gerade sitzen wir an einem Puzzle vom Keukenhof. Nicht allzu schwierig, weil es sehr viele Farben enthält.

Eigentlich wollte ich sofort mit dem Puzzeln aufhören, als klar war, dass ein Randteilchen fehlte. Herr Jojo sah mich freundlich an und meinte: »Im wirklichen Leben fehlt auch immer mal wieder ein Teilchen, Herr Groen. Dann hören wir auch nicht einfach so damit auf.«

Ich konnte nicht so schnell beurteilen, ob das nun sehr weise oder schön verpackter Unsinn war. Aber jedenfalls haben wir weitergemacht und sind jetzt beinahe fertig. Ich hoffe nicht, dass noch mehr Teile fehlen.

Beim Umzug von Amsterdam-Nord nach Bergen aan Zee habe ich eine Kiste mit Spielzeug von meiner kleinen Tochter wiedergefunden. All die Jahre habe ich sie aufgehoben. Mit einer Puppe, einer kleinen Hammerbank, einem Springseil und ihrem ersten Puzzle mit einem Bild darauf von Mama Bär und Baby Bär, die eine Tasse Tee trinken. Zwölf große Teile. Ich habe es zusammengesetzt, es liegt jetzt auf dem Büfett.

Donnerstag, 13. Februar

Frida ist ein Sonnenschein
Erfrischend wie ein Frühlingshauch
Ein Pfannkuchen mit Zimt und Zucker
Kugelt sie vor Lachen auf dem Bauch

Frida ist ein Meer voll Blumen
Ein Eis an einem heißen Tag
Ich bin stolz und auch sehr glücklich
Dass sie mich Opa nennen mag

An diesen acht kurzen Zeilen habe ich drei Stunden lang gesessen, und ich bin immer noch nicht zufrieden.

»Du brauchst damit keinen Literaturpreis zu gewinnen, Hendrik«, tröstete ich mich selbst, »es ist ein hübsches Gedicht für ein Poesiealbum.«

Frida war sehr zufrieden. Besonders lustig fand sie, dass sie ein Pfannkuchen und ein Eis war.

»Du darfst auch ab und zu ein Stück von mir abbeißen, Opa«, meinte sie lachend.

Samstag, 15. Februar

»Was spielen sie hier auch immer für beschissene Musik.«

»Wie bitte, Herr Groen?«, fragte Herr Jojo erstaunt.

»Hab ich was Komisches gesagt?«

»Sie werfen in letzter Zeit häufiger mit Kraftausdrücken um sich oder einem ›verdammt noch mal‹.« Jojo lächelte.

»Ist das so? Das habe ich gar nicht gemerkt.«

Im Gemeinschaftsraum läuft fast immer Musik im Hintergrund. Musik zum Abgewöhnen. Rolling Stones auf der Panflöte, Nana Mouskouri singt Joe Cocker, diese Art von musikalischen Geschmacklosigkeiten.

Keinem macht es etwas aus, keiner hört zu. Nur ich. Ich kann nicht anders, als zuzuhören.

Ich habe Schwester Fatima schon mal gefragt, ob sie etwas anderes auflegen könnte, war aber bei ihr an der verkehrten Adresse.

»Etwas auflegen?«, fragte sie mit großen, erstaunten Augen.

»Ja, andere Musik«, gab ich zurück.

Sie hatte keine Ahnung, wie das ging und wo die Musik herkam. Sie wollte nachfragen.

Später kam sie auf mich zu.

»Ich muss Sie enttäuschen, Herr Groen. Wir haben ein Abo oder so. Wir können es nur ein- oder ausschalten.«

»Schade, aber trotzdem danke.«

In meinem Zimmer genieße ich es oft, mit Kopfhörern Mozart oder Beethoven zu hören, aber ich kann wohl schwerlich im Gemeinschaftsraum den Kopfhörer aufsetzen, das wäre ziemlich unhöflich. Obwohl … sollten sie Vader Abraham spielen … oder schlimmer noch: »Vanmorgen vloog ze nog« – diese üble Schnulze von Robert Long.

Montag, 17. Februar

In den letzten Wochen hat es jeden Sonntag gestürmt. Sie geben den Stürmen heutzutage Namen. Wir wurden nacheinander von Chiara, Dennis und Ellen besucht. Mindestens Warnstufe orange. Das bedeutet für uns Warnstufe daheimbleiben, sonst weht es uns von unseren alten Beinchen. Aber Fräulein Jansen muss trotzdem Gassi.

Also dick eingepackt, rauf auf das Elektromobil und eine Runde ums Haus gedreht.

Mütze vom Kopf geweht.

»Such, such«, rief ich Fräulein Jansen zu, der aber blickte mich nur dümmlich an und winselte. Als wartete er darauf, dass ich den Ball werfe und er hinterherrennen kann. Mein Hund macht nie ein kluges Gesicht. Macht nichts, denn dieses Trottelige macht ihn ja gerade so knuffig.

Aber die Mütze habe ich nicht mehr wiedergefunden.

Mittwoch, 19. Februar

Corona sorgt für immer mehr Wirbel. Das Virus hat es vor allem auf die krankheitsanfälligere, ältere Bevölkerung abgesehen. Bis vor Kurzem trieb es sich nur in

China herum, anscheinend hat es inzwischen aber ein Flugzeug oder Boot genommen, denn jetzt ist es auch in Europa aufgetaucht. Und auf einem Kreuzfahrtschiff, das jetzt nirgends mehr anlegen darf. Darauf befinden sich viele krankheitsanfälligere ältere Passagiere. Solch ein fahrender Ferienpark erscheint einigen als Himmel auf Erden, wenn man aber nicht mehr von Bord gehen darf und in seinem Kabuff von drei mal vier Metern bleiben muss, wird aus dem Himmel schnell eine Hölle.

»Wir Alten sind immer die Dummen«, klagte Frau Berger.

»Wäre es Ihnen lieber, dem Virus würden vor allem Babys und Kleinkinder zum Opfer fallen?«, erkundigte sich eine Schwester freundlich.

»Nein, nein, natürlich nicht«, beeilte sich Frau Berger zu sagen.

Doch ich sah, dass sich manch einer da nicht so sicher war.

Früher, als ich noch Rektor war, ist an meiner Schule ein Geschwisterpaar an Masern gestorben. Vielleicht war es auch eine andere Kinderkrankheit, das weiß ich nicht mehr so genau. Die Eltern hatten ihre Kinder nicht impfen lassen. Sie überließen es lieber dem Willen Gottes. Demselben Gott, der mein kleines Mädchen mit dem Fahrrad in den Wassergraben hat fahren lassen. Mit diesem Gott will ich lieber nichts zu tun haben.

Ich bin heute völlig durcheinander. Angefangen hat es gleich am Morgen mit den Socken. Verkehrt herum angezogen. Leonie hat es sofort gesehen. Es fühlt sich immer häufiger an, als würde ich selbst auch verkehrt herum leben.

Donnerstag, 20. Februar

»Verdammt noch mal, pass doch auf, du alte Schachtel.«

Ja, das scheine ich gesagt zu haben. Und ich bin nicht stolz darauf.

Fuchsteufelswild war ich.

Wir hatten das Puzzle beinahe fertig, aber der Tisch musste für das Abendessen frei geräumt werden, also hoben Herr Handjojo und ich die Holzplatte mit dem Puzzle darauf vom Tisch, um sie auf einen anderen zu legen. Fährt diese Person, Frau Alberts, ohne zu schauen mit dem Rollstuhl rückwärts und stößt gegen meinen indonesischen Freund, der die Platte vor Schreck fallen lässt.

Zweitausend Teile auf dem Boden. Stunden Arbeit für die Katz.

Und dann habe ich es gesagt. Jojo hat mich später darauf angesprochen.

Frau Alberts war der Meinung, dass wir nicht hinter ihrem Rollstuhl hätten vorbeigehen sollen. Es fehlte nicht viel, und ich hätte ihr eine Ohrfeige verpasst.

Ende Februar

Das Schreiben kostet mich immer mehr Mühe. Manchmal sitze ich eine ganze Stunde an drei Sätzen. Ich bin auch schon beim Schreiben eingeschlafen. Doch an guten Tagen und wenn ich inspiriert bin, bringe ich in einer halben Stunde ein ordentliches Stück Text zu Papier.

Wir haben einen ersten Fall von Corona in den Niederlanden, in Nord-Brabant. Es gibt jetzt kaum mehr andere Nachrichten als Corona. Das inspiriert mich nicht sonderlich. Die Angst ist groß und die Menge an Unsinn, die meine Mitbewohner verbreiten, auch. Frau Kaptein hat ihren Kanarienvogel weggegeben. Sie meinte, sich an so etwas wie eine Vogelgrippe zu erinnern, und wollte kein Risiko eingehen: Raus mit Pietje.

Mein liebes Fräulein Jansen, und solltest du auch Corona haben, du darfst trotzdem bleiben. Dann gehen wir gemeinsam zugrunde.

Samstag, 7. März

Ich hatte mir gleich an vier Stellen Zettel in sämtlichen Farben aufgehängt: SAMSTAG, 7. MÄRZ, GEBURTSTAG FRIDA. Etwas, das ich sonst nie mache, habe ich diesen Samstag gemacht: Ich war mit Fräulein Jansen bei ihr zu Besuch anstatt sie bei mir. Um drei Uhr klingelte ich in meinem schönsten Anzug. Ich hörte einen Haufen Geschrei, herangaloppierende Schritte, und dann flog die Haustür auf.

»Hallo, Geburtstagskind, herzlichen Glückwunsch.«

Frida blickte mich sehr erstaunt an, sodass ich befürchtete, vielleicht doch am falschen Tag gekommen zu sein, aber dann drehte sie sich um und rief fröhlich und sehr laut: »Opa ist da und Fräulein Jansen auch!«

Kurz darauf war ich von acht euphorischen etwa elfjährigen Mädchen und einem etwas kleineren Jungen umringt, die alle gleichzeitig Fräulein Jansen streicheln wollten. Frida hielt, mächtig stolz, die Leine.

»Das ist er.«

»*So cute*«, meinte ein rosafarbenes Mädchen.

»Kann er auch Kunststücke?«, wollte eine der jungen Damen wissen.

»Kann er auch ›tot‹?«

»Er kann nur ›Pfote‹ und ›sitz‹«, erklärte ich, »aber nur, wenn er Lust hat.« Niemand hörte zu.

Ich stand verloren daneben. Hatte keinen Moment daran gedacht, dass womöglich eine Kinderparty im Gang sein könnte, bei der niemand auf einen alten Mann wartete. Wohl aber glücklicherweise auf seinen Hund.

Nach einigen Minuten wurde ich doch wieder bemerkt.

»Schön, dass du da bist, Opa, magst du Torte?«

Dann kam auch Fridas Mutter, um nachzusehen, was die Ursache all des Trubels im Flur war.

»Herr Groen, wie nett, dass Sie hier sind.«

Ich glaube, sie meinte es ernst.

Kurz darauf saß ich mit Fridas Mutter bei einem großen Stück Torte, während Fräulein Jansen etwas weiter hinten die Zeit seines Lebens hatte bei all der Aufmerksamkeit.

Nach einer halben Stunde fand ich, dass ich nun wieder aufbrechen könnte, ohne unhöflich zu wirken. Es dauerte noch ein bisschen, bis sich alle von dem Hund verabschiedet hatten, aber dann konnte ich los.

»Wie schön, dass du da warst, Opa«, sagte Frida und umarmte mich fest. Allein wegen dieser Umarmung hatte sich der Besuch mehr als gelohnt. Ich bekam auch noch zwei Küsschen von Fridas Mutter, und als die Haustür zuschlug, stand ich mit meiner Einkaufstasche wieder draußen.

Einkaufstasche?

Darin lag immer noch das Geschenk.

Es blieb mir nichts anderes übrig, als noch mal zu klingeln.

Wieder ein Haufen Geschrei, galoppierende Schritte, eine Tür, die aufflog, und das verblüffte Gesicht von Frida.

»Bist du wieder da?«

»Ja, ich habe vergessen, dir dein Geschenk zu geben.« Ich überreichte ihr die Tasche.

»Wer ist es denn?«, hörte ich die Mutter rufen.

»Es ist noch mal Opa. Er hatte das Geschenk vergessen.«

»Ist schon gut, Frida Kindchen, pack es ruhig drinnen aus. Ich haue jetzt schnell wieder ab.«

Aber davon konnte keine Rede sein, ich musste wieder rein und zusehen, wie Frida mitten im Zimmer mein Geschenk auspackte: ein Plüschhund, der Fräulein Jansen täuschend ähnlich sah. Nun ja, nicht ganz so täuschend.

»Wie cool!«, rief Frida.

»Der ist für die Zeit, bevor ich tot bin. Danach kommt der echte Hund«, erklärte ich.

Zum Glück ging das im Gejohle unter.

Montag, 9. März

Jeder in diesem Heim glaubt, dass er es hat. Und auch, dass alle anderen es haben. Jedes kleine Hüsteln lässt die Bewohner panisch aufblicken. Wer war das?

Wenn jemand niest, stieben die Umstehenden fluchtartig auseinander. Ein Leichtes für das Virus, sie einzuholen.

Manche reagieren wütend auf den Nieser. Als ob dieser etwas dafür könnte.

Und dann das ständige Panikgejammer, die Flut an Gerüchten, falsch zitierten Zeitungsartikeln und unsinnigen Tipps – ich werd noch irre.

Mittwoch, 11. März

Die Heimleitung hat dringend geraten, sämtliche Besuche abzusagen. Dieser Hinweis hat eingeschlagen wie eine Bombe. Nicht, dass wir hier einen übermäßigen Besucherandrang hätten, aber es geht ums Prinzip.

Herr Blekemolen, der Heimleiter, hat sich aus seinem Büro herausbegeben, was selten vorkommt, um uns die schlechte Nachricht persönlich zu überbringen. Ihm war anzusehen, dass er sein Bestes gab, um Ruhe und Mitgefühl auszustrahlen.

»Gemeinsam schaffen wir das«, schloss er feierlich.

Frau Brioche reckte, nachdem sie die schlechte Nachricht vernommen hatte, die Arme gen Himmel und fing an zu jammern, dass dann alles keinen Sinn mehr für sie hätte.

»Sie bekommen nur einmal pro Woche für eine halbe Stunde Besuch von Ihrem Sohn«, schnaubte Frau Scholten die Brioche an, »meine Kinder kommen dreimal pro Woche für eine ganze Stunde. Was jammern Sie also rum? Auf die halbe Stunde Besuch können Sie doch wohl leicht verzichten.«

»Mensch, was geht Sie das denn an? Mein Sohn muss übrigens den ganzen Weg von Arnheim herfahren, er ist also viel länger als Ihr Stündchen unterwegs.«

Freitag, 13. März

Rutte ist sich mit unserer Heimleitung einig, so schien es auf der Pressekonferenz: keine Besuche mehr bei besonders gefährdeten älteren Menschen.

Dem Ministerpräsidenten war unlängst ein ziemlich ungeschickter Patzer unterlaufen, als er kurz nach der Verhängung des Verbots einem neben ihm stehenden Wissenschaftler die Hand schüttelte.

Ich hoffte aus tiefstem Herzen, dass er diesmal mit den Worten schließen würde: »Jetzt muss ich aber los, meine alte Mutter besuchen.« Aber leider, leider …

Die Niedergeschlagenheit in unserem Haus nach Ruttes Worten war groß. Gleichzeitig glimmte Hoffnung, denn zu den Dingen, bei denen Senioren zu meiner Verblüffung schnell den Bogen raushaben, gehört, WhatsApp-Nachrichten schreiben und Facetimen.

So ziemlich alle Kinder der Heimbewohner sind kurz vor dem Inkrafttreten des Besuchsverbots vorbeigekommen, um ihren Angehörigen zu zeigen, wie es funktioniert, falls sie das nicht schon vorher getan hatten, um die Zahl der Besuche zu reduzieren.

Dementsprechend wird hier gerade deutlich mehr über WhatsApp und Facetime geschrieben als ganz normal geredet. Und dann noch mit einem Blick, so von wegen schau-nur-wie-modern-ich-bin. Die modernen Kommunikationsmittel werden fast ausschließlich dazu eingesetzt, endlos Panikberichte und Wehklagen in die Welt zu pumpen. Die Leute haben keine Zeit mehr zum Kekse-Essen und Teetrinken.

Ein Psychiater hat geschrieben, dass auf diese Weise das Stresssystem den ganzen Tag eingeschaltet bleibt.

Das ist zu spüren. Man fühlt sich hier noch schneller auf den Schlips getreten als für gewöhnlich, und die Nerven liegen blank.

Ich merke, dass ich langsam trübselig werde.

Samstag, 14. März

»Was machst du denn da, Hendrik?« Leonie sah mich entgeistert an.

»Ich säge eine Küchenrolle durch. Ich war ein bisschen spät dran beim Hamstern. Als ich im Supermarkt war, war das ganze Klopapier schon weg. Übrigens auch die Küchenrollen, aber davon hatte ich zum Glück noch zwei da, und eine säge ich jetzt mittendurch, um zwei Klopapierrollen draus zu machen.«

Die Bewohner unseres Heims haben ordentlich gehamstert: Kekse, Schokolade, Lakritze, Pfefferminzbonbons, Gebäck, Schlagsahne und Getränke wie Eierlikör (von daher die Schlagsahne) oder Sherry. Einige wenige haben sich zudem großzügig mit ihrer Lieblingserdnussbutter und Schokostreuseln eingedeckt. Frau Sliedrecht, der die vom Heim angebotene Erdnussbutter nicht zusagt, hat eine derartige Menge Calvé-Erdnussbutter gekauft, dass sie sich mindestens noch zehn Jahre Erdnussbutterbrote schmieren kann, mindestens jedoch bis weit über ihr eigenes Verfallsdatum hinaus.

Einzig Toilettenpapier ist der Aufmerksamkeit so mancher entgangen, mit der Folge, dass hier nun Knappheit herrscht. Daher wird das Hamstern von Klopapierrollen nun aufs Schärfste verurteilt. Kekse und Bonbons sind natürlich etwas völlig anderes.

»Wenn es sein muss, wische ich mir den Hintern auch mit Zeitungspapier ab«, verkündete Leonie fröhlich. »Aber erst lesen, dann wischen.«

Montag, 16. März

Premier Rutte war wieder im Fernsehen, um von seinem Turm aus zum gesamten niederländischen Volk zu sprechen. Er verkündete, dass Wissenschaftler davon ausgehen, dass fünfzig bis sechzig Prozent der niederländischen Bevölkerung sich am Ende mit dem Virus infizieren werden.

Davon würden ungefähr drei Prozent versterben. Vornehmlich über Fünfundsechzigjährige.

Drei Prozent von sechzig Prozent von siebzehn Millionen sind ungefähr dreihunderttausend tote Senioren.

Das Problem mit der Überalterung wäre dann auf einen Schlag ein ganzes Stück weniger akut.

Ich sah mich um. Wiewohl die Panik groß war, hatte ich nicht den Eindruck, dass die Zahlen unseres Premierministers wirklich zu meinen Mitbewohnern durchgedrungen waren. Und das ist auch besser so. Ich mache mir keine Sorgen. Ich weiß in ein paar Monaten doch kaum mehr, dass ich noch lebe. Corona könnte dann ohne Weiteres eine Art Euthanasiepille für mich sein.

Der Einzige, dem ich ansah, dass er die genannten Zahlen überschlug und dann ein bedenkliches Gesicht machte, war mein Freund Jojo. Jojo und ich, zwei Lehrer im Ruhestand, waren uns übrigens noch über eine weitere Sache einig: Rutte hatte weiche Knie.

Noch zwei Tage zuvor führte er voller Inbrunst aus, dass die Schulen offen bleiben müssten. Eine Auffassung, die wir aus tiefstem Herzen teilen: Schule ist wichtig, Kinder bekommen (fast) nie Corona, und der Lehrer verlässt als Letzter das sinkende Schiff.

Und unglaublich, aber wahr: Achtundvierzig Stunden später wanderten sämtliche Argumente dafür, die Schulen offen zu lassen, auf den Müll, und die niederländischen Schulen mussten ihre Pforten schließen.

Selbst dem stets unerschütterlichen Jojo entfuhr nun ein kleiner, dezenter Fluch: »Zum Kuckuck, das kann doch nicht wahr sein!«

Oh doch, es ist verdammt noch mal sehr wohl wahr!

Mittwoch, 18. März

Ich habe zwar immer ein wenig über die WhatsApp schreibenden und facetimenden Mitbewohner gelästert, aber seit heute Nachmittag bin ich mit von der Partie: Ich skype. Cool, oder? Ich skype mit Frida. Vor einer Woche kam sie mit Mundschutz vorbei. Ich blickte von meinem Puzzle auf und dachte: Was für eine junge Schwester.

Ich fragte: »Kann ich Ihnen irgendwie behilflich sein, Schwester?«

»Ich bin's, Frida.«

»Opa macht Scherze, Frida. Wie nett, dass du da bist.«

»Ja, aber ich bin gekommen, um zu sagen, dass es vorläufig das letzte Mal ist. Wegen dem blöden Virus. Meine

Mutter findet, man sollte besser kein Risiko eingehen bei all den alten Menschen.«

Ich zog die Augenbrauen hoch.

»Nein, du bist zwar alt, aber nett alt«, tröstete mich Frida lächelnd. Sie weiß, wie sie mich um den Finger wickeln kann. Manchmal kann sie eine ganz wunderbare Schleimerin sein.

Dann hat sie mir beigebracht zu skypen. Mittwochnachmittag sollte ich mich um zwei Uhr mit meinem Telefon bereithalten.

So wartete ich gestern ab Viertel vor zwei mit meinem Handy in der Hand. Es wurde zwei Uhr, Viertel nach zwei, halb drei, ich fing schon an zu fluchen, bis mir auf einmal ein Gedanke kam: War es überhaupt Mittwoch? Nein. Es war Dienstag.

Aber vor einer Stunde hat es geklappt: Habe kurz, aber angeregt mit Frida geskypt. Nach einer Viertelstunde war es für sie genug.

»Jetzt gehe ich nach draußen, Opa. Bis bald. Ich skype dich in zwei Tagen wieder an.«

Ich konnte ihr keine Limonade oder Kekse anbieten, um den Besuch noch etwas zu verlängern, und wir konnten auch nicht Schach spielen.

Aber gut, nur nicht jammern, Groen, besser so als gar nichts.

Freitag, 20. März

Heute ist Frühlingsanfang, sagt der Wettermann. Ich habe den Kindern in der Schule immer beigebracht, dass der Frühling am 21. März beginnt, aber das scheint nicht ganz zu stimmen. Er kann auch einen Tag früher kommen. Frag mich nicht, warum. Vielleicht wusste ich das irgendwann mal, heute jedenfalls nicht mehr. Sämtliches Wissen, das ich mir in neunzig Jahren angeeignet habe, verliere ich gerade in kürzester Zeit.

So weit die guten Nachrichten.

Erst wurde lediglich dringend angeraten, keinen Besuch zu empfangen, seit heute ist es auch noch offiziell verboten. PFLEGEHEIME WERDEN GESCHLOSSEN, titelt die Zeitung. Unser Heim war schon lange geschlossen, für mich und meine Mitbewohner macht es also wenig Unterschied.

In den letzten beiden Wochen hatten wir hier zwei Sterbefälle. Die Heimleitung weigerte sich, die Todesursache bekannt zu geben, aus Datenschutzgründen.

»Na, dann wissen wir es ja. Dann ist es natürlich Corona«, polterte Herr Sluiter.

»Nun, dann wissen wir gar nichts, denn unser Durchschnitt liegt auch ohne Corona bei etwa einem Toten pro Woche«, brachte ich dagegen vor.

»Der Herr Groen wieder mit seiner Logik«, stänkerte Sluiter.

Den wenigen Besuchern, die gestern noch vorbeikamen, wurden dermaßen viele giftige Blicke zugeworfen, dass sie Minuten später hastig das Weite suchten.

Ein Sohn blieb eine Viertelstunde lang bei seinem Vater am Kaffeetisch sitzen, mit Mundschutz und zwei Metern Abstand, wie es sich gehört. Dieser Vater, Herr Tromp, wird jetzt von allen gemieden wie die Pest – oder muss es heutzutage eher heißen, gemieden wie Corona?

Corona hat übrigens bisher weltweit für etwa zehntausend Todesopfer gesorgt. Bei der Pest im 14. Jahrhundert waren es geschätzte fünfundsiebzig Millionen. Also ungefähr 7500-mal so viele. Über den prozentualen Anteil der Weltbevölkerung will ich hier gar nicht erst reden, denn wir sind inzwischen bedeutend mehr als noch vor sieben Jahrhunderten. Also belassen wir es doch lieber bei »wie die Pest meiden«. Es kann natürlich auch sein, dass Corona die Pest noch einholt, diese Möglichkeit erscheint mir aber eher theoretisch.

Samstag, 21. März

Gestern Abend wurden mit einem Riesentrara die Tische und Stühle gemäß den neuen Vorschriften im Gemeinschaftsraum verrückt, und schließlich fanden sich alle Bewohner mit einem Mindestabstand von anderthalb Metern vor dem großen Fernseher ein. Bereit für den König. Einige Bewohner hatten für den TV-König sogar extra ihr Sonntagsgewand angelegt.

Er sprach sehr ernst und schien aufrichtig besorgt. Aber auf mich wirkt sein Sprechstil trotzdem immer ein wenig unnatürlich. Als ob ihm der Kragen zu eng wäre.

Auf einmal machen wir alles gemeinsam und füreinander. Der König, der Ministerpräsident, die Moderatoren der Talkshows, jeder bekannte Niederländer, dessen Visage im TV zu sehen ist, in Anzeigen von Hinz und Kunz – alle rufen sie zu Zusammengehörigkeit und gegenseitigem Respekt auf. Was für eine Pandemie der Heucheleien.

Erst jahrelang deftig bei der Pflege einsparen, Einrichtungen schließen, die alten Leutchen verkümmern lassen, Pflegepersonal überlasten und unterbezahlen und jetzt auf einmal allesamt mit scheinheiliger Miene den tapferen Helden der Pflege von den Balkonen Beifall klatschen.

Ich bin auf einmal sehr schnell auf der Höhe der Zeit angekommen. Ich kann nicht nur skypen, sondern auch WhatsApp-Nachrichten schreiben. Von Frida gelernt. WhatsApp ist ihrer Meinung nach viel praktischer, um sich zum Gassigehen am Strand zu verabreden. Über Skype hat sie mir gezeigt, wie es geht. Ich krieg doch tatsächlich Spaß an der Sache. Obwohl es natürlich schöner ist, einem Menschen persönlich gegenüberzustehen, als ihn am Bildschirm zu sehen.

Was das Ausgangsverbot und das Gassigehen betrifft: Ich stelle mich dumm und spaziere gemächlich mit Fräulein Jansen nach draußen. Ich grüße den Portier, und er grüßt zurück.

Sonntag, 22. März

»Ich komme mir vor wie im Krieg«, stöhnte die kugelrunde Frau De Nijs.

»Ach ja?«, hakte Leonie interessiert nach. »Dann haben Sie im Krieg wohl auch täglich eine halbe Packung Kekse zum Tee verspeist?«

»Nein, natürlich nicht. Aber ich meine … nun ja … so alles zusammengenommen.«

»Ja, so alles zusammengenommen könnten Sie durchaus recht haben. Bis auf die Kleinigkeit, dass wir genug zu essen haben und gerade kein Krieg ist.«

»Aber wir dürfen das Haus nicht verlassen«, meldete sich nun Frau Verkley zu Wort.

»Das gab es im Krieg aber nicht«, ereiferte sich die De Nijs.

»Für die Juden schon. Die blieben besser drinnen«, entgegnete wiederum die Verkley.

Leonie seufzte tief und blickte mich Unterstützung heischend an.

Ich hatte diese surrealistische Diskussion nur mit halbem Ohr verfolgt, so, wie ich bei vielem in letzter Zeit nur noch halb zuhöre. Ich komme da mit meinem alten Kopf nicht mehr mit, und außerdem: Es wird so viel Mist verzapft, dass ich mich nur ärgere, wenn ich dabei zuhöre. Mein Vater sagte immer: *»Nicht ärgern, nur wundern«*, aber das schaffe ich nicht. Ich habe es mein Leben lang versucht, aber ich habe mich trotzdem immer viel mehr geärgert als gewundert. In letzter Zeit vor allem über Frau De Nijs, die jeden Tag größeren Blödsinn von sich gibt und täglich damit prahlt, sie sei eine Cousine ersten Grades des Sängers Rob de Nijs.

»Ersten Grades, nicht angeheiratet oder so«, fügt sie dann noch hinzu.

»Du hast aber nicht so eine Lücke zwischen den Schneidezähnen«, merkte Frau Alberts letzthin an.

»Aber ich kann schön singen«, erwiderte die De Nijs und stimmte sogleich eine Schnulze von Ramses Shaffy an: »Zing, vecht, huil, bid, kook, werk en bewonder« (Singe, kämpfe, weine, bete, koche, arbeite und staune).

»*Kook* gehört nicht dazu«, berichtigte die Verkley.

»Ich koche nun einmal gern«, verteidigte die De Nijs sich.

»Es muss heißen *›lach‹. Lach, werk en bewonder*«, beharrte Frau Verkley auf ihrem Standpunkt.

»Dann lachen Sie doch einfach selbst. Ich koche lieber.«

Ist es da verwunderlich, wenn ich manchmal aussteige?

Montag, 23. März

Lidy hat aus der Not eine Tugend gemacht und sich einen neuen Workshop ausgedacht: Masken selbst machen.

Lidy schaute kurz sehr betreten, als das Interesse etwas hinter den Erwartungen zurückblieb: Es waren nur vier Personen erschienen. Sie schluckte kurz ihre Enttäuschung herunter und machte sich dann mit derselben Begeisterung wie immer ans Werk. Mit Metalldraht, breiten Gummibändern, alten Stoffservietten und Textilkleber wurden relativ unorthodoxe Masken gebastelt.

Stolz wie die Pfauen liefen die Teilnehmer nach der Bastelstunde mit ihren Masken zum Nachmittagstee durch den Speisesaal.

Dort wurden sie mit einem gewissen Neid von den verbliebenen Bewohnern betrachtet, die den Speisesaal nicht meiden. Die Senioren gehen sich mehr und mehr aus dem Weg.

Die Bewohnerkommission hatte letzte Woche bei der Heimleitung um Masken für alle ersucht, doch Herr Blekemolen hatte diesem Ansinnen nicht stattgeben können. Die Masken waren schlichtweg überall ausverkauft. Das sorgte für einiges Wehklagen über den Heimleiter, der die Bewohner ihrem Schicksal überließ. So manche Dame, die keine Maske hatte, lief nun mit einem Schal vor Mund und Nase herum. Manche trugen dazu auch noch gelbe oder rosa Küchenhandschuhe aus Plastik.

»Sieht aus wie im Karneval«, bemerkte Frau Schuttevaar fröhlich. Mit viel Beifall brauchte sie nicht zu rechnen, nur Frau De Nijs sah eine Gelegenheit, ihre Gangesstimme wieder kurz ertönen zu lassen, und stimmte den Karnevalshit »Bloemetjesgordijn« an.

Böse Blicke. Den ganzen Tag nur böse Blicke. Pflegeheim *Der Böse Blick.*

Das ganze Land leidet mit den besonders gefährdeten, älteren Mitbürgern. Und das ganze Land steht vereint hinter den Helden der Pflege. Jeder in diesem Land würde alles für die schwachen Älteren und das Pflegepersonal geben. Die Niederlande machen dicht, dann geht die Wirtschaft eben vor die Hunde.

Ein kleines, vielleicht nicht ganz unwichtiges Detail: Das alles dauert jetzt schon Wochen, und noch immer ist kein einziger ordentlicher Mundschutz für das Pflegepersonal und die besonders gefährdeten Senioren erhältlich.

Herr Jojo sprach: »Wenn wir auf den Mond fliegen können, sollte es doch möglich sein, genügend Masken zu produzieren.«

Ich hörte einen Fachmann erklären, dass man für die Versorgung eines Coronapatienten auf der Intensivstation sechs Schutzmasken pro Stunde benötigt. Könnten wir die nicht gebraucht von der Intensivstation bekommen? Sie können bestimmt in die Kochwäsche.

Mittwoch, 25. März

Ich habe früher am liebsten Sprachunterricht gegeben. Mein Freund und Lehrerkollege Jojo zog das Rechnen vor. Er ist ein Zahlenmensch. Gestern habe ich mich beim Kaffee gefragt, welche Krankheit wohl im Lauf der Geschichte die allertödlichste gewesen ist. Er versprach, dem nachzugehen, und hatte heute schon die Zahlen parat.

Tote weltweit (nicht überprüfte Zahlen)*

Die Pest (14. Jahrhundert)	75 000 000
Spanische Grippe (1919–1920)	20 000 000–100 000 000**
Aids (vom Ausbruch bis heute)	32 000 000
Luftverschmutzung (pro Jahr)	8 000 000
Rauchen (pro Jahr)	7 000 000
Diabetes (pro Jahr)	4 000 000
Adipositas (pro Jahr)	1 600 000
Verkehrstote (pro Jahr)	1 300 000
Hongkong-Grippe (1968–1969)	700 000–1 000 000
Suizid (2015)	830 000
Aids (2018)	770 000
Malaria (pro Jahr)	600 000
Drogen und Medikamente (pro Jahr)	585 000
Gewöhnliche Grippe (pro Jahr)	300 000–650 000
Krieg (2018)	50 000
Corona (bis 25. März 2020)	**22 000***
Ebola (2014–2016)	12 000
SARS (insgesamt)	800

* Es sind zweifelsohne Mehrfachzählungen enthalten.
** Eine auffallend grobe Schätzung mit einer Differenz von 80 000 000.
*** Die Anzahl der Coronatoten wird allerdings noch deutlich steigen.

Bemerkenswert, obschon nur selten bemerkt: Die Luftverschmutzung hat, insbesondere in einigen Teilen Chinas, deutlich abgenommen. Durchaus möglich, dass in China die rückläufige Anzahl der Sterbefälle durch Luftverschmutzung größer ist als die Zunahme durch die Anzahl der Coronatoten.

Ich war sehr beeindruckt von Jojos Zahlenwerk und zugleich erstaunt über die niedrige Platzierung von Corona. Bei keiner einzigen dieser anderen Todesursachen machen wir uns im Entferntesten so verrückt wie bei Corona.

Herr Jojo bemerkte nur kopfschüttelnd: »Die Menschen können nicht mit Zahlen umgehen. Sie sehen keine Zusammenhänge und keine Verhältnisse.«

Donnerstag, 26. März

»Ich hab gelesen, dass man besser keine Fledermäuse oder rohen Gürteltiere essen sollte«, verkündete Frau Stakebeek.

»Ich werde es dem Koch ausrichten«, meinte Leonie. »Zum Glück haben mir Fledermäuse nie so geschmeckt. Ich hab davon immer Sodbrennen gekriegt.«

Frau Stakebeek blickte sie misstrauisch an. »Ich hab mir das nicht selbst ausgedacht, das hat ein Psychiater in der Zeitung geschrieben.«

Ich explodierte. »Mensch, das war ein Witz! Wie dumm kann man sein! Ich habe den Artikel auch gelesen: Das war ein Witz von dem Psychiater. Wir essen doch verdammt noch mal nie Fledermäuse.«

Frau Stakebeek sackte völlig in sich zusammen.

Leonie sah mich erstaunt an. »Aber Hendrik …«

Ich war erstaunt, dass sie erstaunt war.

Später sagte sie mir in meinem Zimmer, dass ich in letzter Zeit so aufbrausend sei.

Vielleicht hat sie recht.

Freitag, 27. März

»Lungenentzündung ist der Freund der Alten.« Das scheint ein Sir William Osler Anfang des vorigen Jahrhunderts gesagt zu haben, weil eine Lungenentzündung für einen schnellen, schmerzlosen Tod sorgt. Corona ist zwar schnell, aber weniger schmerzlos, soweit ich verstanden habe. Das müsste sich doch, wie ich meine, mit einer ordentlichen Dosis Morphium ändern lassen. Ich habe zumindest noch nirgends gelesen, dass es einen Mangel an Morphium gäbe.

An irgendetwas sterben alte Menschen ja immer irgendwann. Ich finde, wenn man neunzig Jahre alt und ein bisschen dement ist, darf man so etwas sagen, ohne dass die halbe Menschheit scheinheilig über einen herfällt.

Aber ich bin ein Rufer in der Wüste.

Der Supermarkt in unserer Straße hat ein Zeitfenster für den Senioreneinkauf eingerichtet. Dann können Risikogruppen gefahrlos einkaufen gehen. Das Zeitfenster ist aber verdammt noch mal von sieben bis acht Uhr in der Frühe. Danke, aber da schlafe ich noch. Wenn ich um halb zwölf in den Laden gehe, ernte ich von einigen Kunden schiefe Blicke von wegen: »Was macht der denn hier außerhalb der Senioreneinkaufszeit?«

Folglich verlässt hier kaum mehr jemand das Haus. Ich schon. Eine herrliche Runde mit Fräulein Jansen, gemütlich Arm in Arm mit Leonie. Am Strand war es noch nie so ruhig, dort werden wir uns wohl nicht so leicht infizieren. Offiziell ist es, glaube ich, nicht erlaubt, aber niemand hält uns auf, wenn wir aus dem Heim schlendern.

»Wenn wir gehen müssen, dann gehen wir zusammen, Hendrik«, sagte sie.

»Vielleicht sollten wir uns Duoarmbänder machen lassen?«, schlug ich vor. »Bitte nicht wiederbeleben.«

Samstag, 28. März

Wichtiger Tag.

Vorgestern habe ich Leonie nach langem Zögern gefragt, ob sie mir bei meinem Tagebuch helfen würde.

Sie blickte mich erstaunt an.

Ich habe ihr erklärt, dass ich immer unzusammenhängender schreibe, meine eigenen Sätze manchmal nicht mehr verstehe und sicherlich viele Fehler mache, dass ich aber das Tagebuchschreiben gern so lange wie möglich beibehalten würde.

»Also, Hendrik, damit überfällst du mich jetzt ein wenig.«

»Du darfst natürlich auch Nein sagen.«

»Nein, nein, ich fühle mich sehr geehrt. Nur war ich früher nicht so eine Leuchte in Rechtschreibung und so.«

»Das übernimmt größtenteils der Computer. Es geht vor allem um den Inhalt. Du kennst mich gut und verstehst zurzeit oft besser, was ich meine, als ich selbst.«

Sie willigte zögerlich ein.

»Ich will es versuchen, Hendrik.«

Ich habe ihr dann gleich mein Tagebuch gemailt. Dabei musste sie mir auch schon ein wenig behilflich sein, denn ich wusste nicht mehr so genau, wie das ging.

Heute Vormittag kam sie zum Kaffee. Sie hatte das meiste schon gelesen. Ich war nervös. Wie würde sie es finden?

»Mit einem Wort: Großartig, Hendrik.«

Erleichterter Stoßseufzer meinerseits.

»Aber es sind tatsächlich einige Fehler und Unklarheiten darin. Vor allem gegen Ende wird es manchmal etwas unzusammenhängend.« Sie hatte sofort mit der Durchsicht begonnen. Bei den ersten Tagen hatte sie bereits hie und da ein paar Fragezeichen und Ausrufezeichen gesetzt.

Wir haben abgemacht, dass sie freie Hand hat, um ein lesbares Ganzes daraus zu machen.

»Ich möchte mich dann aber alle paar Tage mit dir zur Tagebuchbesprechung zusammensetzen. Damit ich fragen kann, was du an manchen Stellen genau meinst.«

»Ich hoffe, dass ich das dann selbst noch weiß. Falls nicht, ist das eben so, und wir lassen es einfach so stehen. Es ist, wie es ist. Es wird so, wie ich werde.«

Ich bin glücklich und erleichtert.

Montag, 30. März

»Sie« nennen es einen *Lockdown*, aber an sich sollte es in Pflege- und Seniorenheimen »Einzelhaft« heißen. Dafür müsste man normalerweise mindestens einen Doppelmord verüben, doch in unserem Fall reicht der Hinweis aus, es sei zu unserem Besten.

Ich bin den Schwestern und dem Portier unseres Heims sehr dankbar dafür, dass sie uns stillschweigend ein wenig Selbstbestimmungsrecht lassen.

Mittwoch, 1. April

Gestern hat Rutte eine Pressekonferenz gegeben, gemeinsam mit einem neuen Minister, dessen Namen ich vergessen habe. Er ersetzt einen anderen Minister, dessen Name mir ebenfalls entfallen ist, welcher aufgrund des ganzen Corona-Brimboriums einen Burn-out erlitten hat. Zwischen den beiden Männern stand Gebärdendolmetscherin Irma, die inzwischen zu einer Berühmtheit geworden zu sein scheint. Mich lenkt sie vor allem deswegen ab, weil ich immer herauszufinden versuche, welche Gebärde sie für welches Wort verwendet. Auf diese Weise geht mir ständig der rote Faden der Geschichte verloren.

Ich denke nicht, dass ich viel verpasst habe.

Der Gemeinschaftsraum mit dem großen Fernseher war beinahe leer. Die Menschen fürchten sich voreinander. Fürchten sich vor einem qualvollen Coronatod. Sie schauen in ihren Einzelzimmern Corona-TV, lesen ihre Coronazeitungen, hören Coronaradio und leiten einander den lieben langen Tag Horrornachrichten weiter, die sie gesehen, gelesen oder gehört haben. So vervielfältigt sich das Elend von Mal zu Mal.

Ich befasse mich zurzeit nur noch eine Viertelstunde mit der Zeitung, lese die Schlagzeilen und überblättere sämtliche Artikel über Corona. Das reicht völlig, um informiert zu bleiben.

Die Heimleitung hat sogar beschlossen, dass den ganzen wunderbaren Frühlingsmonat April über der prächtige Garten unseres Heims geschlossen bleibt. Gott mag wissen, wofür das gut ist.

Ich denke mit Wehmut an die ersten schönen Frühlingstage in unserem Heim in Amsterdam-Nord zurück. Dann drängten sich die Bewohner aufgeregt vor der Gartentür, wie Kühe, wenn sie wieder auf die Weide dürfen, und sobald die Tür von der Schwester geöffnet wurde, fand ein Wettrennen um die Bänke mit Sonne statt. Wer zu spät kam, hatte keinen Sitzplatz. Sie hätten einander sogar den Gehstock vor die Beine geworfen, um zu gewinnen.

Ich ernte häufig schiefe Blicke, weil ich noch mit dem Hund gehe.

»Soll ich ihn vielleicht in mein Zimmer kacken lassen?«, frage ich dann recht freundlich, wenn wieder mal jemand kopfschüttelnd aus einiger Entfernung zu mir herübersieht.

Darauf tun sie meist so, als hätten sie nichts gehört, oder es kommt ein blöder Spruch zurück.

»Gemeinsam werden wir Corona besiegen«, hört man überall, mich erinnert das an die beiden holländischen Satirefiguren Jacobse und Van Es und ihr Motto: »Gemeinsam für das eigene Wohl.« Ein klein wenig anders und doch so treffend für unsere Zeit.

Donnerstag, 2. April

Frau Sliedrecht ist echt eine Marke. Gestern stellte sie sich dicht neben Frau Scholten und flüsterte ihr ins Ohr: »Ich hab Corona. Hab's gerade erfahren.«

Die Scholten vollführte einen für ihre Verhältnisse rekordverdächtigen Sprung auf die Seite.

»Geh weg!«, kreischte sie. »Geh weg!«

»April, April!«, rief die Sliedrecht triumphierend.

Die Scholten war wütend. »Damit macht man keine Witze!«

»Es war auch kein Witz, ich hab es wirklich«, entgegnete die Sliedrecht, nun wieder ganz ernst.

Die Scholten rief panisch nach einer Schwester.

»Nein, nein, war doch nur ein Aprilscherz«, sagte die Sliedrecht und schlurfte davon, die paar Menschen im Gemeinschaftsraum fassungslos zurücklassend.

»Ich hoffe, dass du es heute noch kriegst!«, schrie ihr Frau Scholten hinterher.

»Sie ist total übergeschnappt«, konstatierte Frau Alberts.

Herr Jojo hatte das Ganze lächelnd mitangesehen. Ich hingegen war schon ziemlich perplex.

Leonie kam kurz darauf von der Toilette. »Hab ich was verpasst?«

Freitag, 3. April

»Schau, Papa, schau doch, Papa.«

Aafke patschte mit flachen Händchen auf das Seifenwasser in der Badewanne. Der Schaum spritzte durch die Luft.

»Papa schaut schon, Schatz.«

Am Samstag ging sie immer in die Wanne. In unserem altmodischen Badezimmer mit der Wanne aus Granit.

»Vergesst nicht den Lebertran!«, rief meine Frau immer von unten. Dann blickte ich Aafke verschwörerisch an und zwinkerte ihr zu. Sie zwinkerte zurück. Mit beiden Augen.

»Nein, nein, vergessen wir nicht!«, rief ich zurück.

Aafke ekelte es vor Lebertran. Jeden Samstag, während sie noch in der Wanne saß, bewegte sich der volle Löffel in Richtung ihres Mundes, nur um kurz vor dem Ziel scharf abzubiegen und in meinem Mund zu landen. Dann verzog ich höchst angewidert das Gesicht, und wir legten jeder den Zeigefinger an die Lippen.

»Nichts der Mama sagen«, flüsterte sie.

Das Baderitual endete mit einem Seesturm. Mit den Händen produzierten wir hohe Wellen, die ein wenig über den Badewannenrand hinausschwappten.

»Uiui, das Boot geht unter, schnell, jetzt musst du raus.«

Dann streckte sie mir die Arme entgegen, und ich hob sie aus der Wanne.

»Herr Groen, was tun Sie da?«

Die Schwester eilte ins Zimmer. Ich stand, in Gedanken versunken, vor der Anrichte und rührte bei komplett geöffnetem Wasserhahn mit den Händen im Abwaschwasser. Das Spültuch verstopfte den Abfluss, das Wasser lief über den Rand, über den Boden, unter der Tür durch auf den Gang.

Samstag, 4. April

In diesen rauen Zeiten vermisse ich meinen Freund Evert mehr denn je.

Ich denke, dass er in Bezug auf Corona Folgendes gesagt hätte: »Meine lieben Mitmenschen, totes Holz muss hin und wieder gekappt werden. So ist die Natur. Und wenn ich mich so umschaue, hätte der Gärtner ruhig schon etwas früher kommen können.«

Danach hätte er unbeeindruckt die Wut und den Hohn der kompletten Bewohnerschaft über sich ergehen lassen. Und ich hätte leise geschmunzelt. Genau das richtige Wort: schmunzeln. Der Klang passt zu der Bedeutung.

Oder vielleicht hätte Evert die alten, kranken Eskimos als Beispiel genommen. Die spazieren, wenn ihre Zeit gekommen ist, aus dem Iglu in den Schneesturm, um nie mehr zurückzukommen. Ich weiß nicht, ob das stimmt, aber es ist eine schöne Geschichte.

Er selbst schied auch aus dem Leben, als es für ihn gerade am schönsten war.

Es wird viel über einen bedrohlichen Mangel an Intensivbetten geredet. Wer zu alt oder zu krank ist, soll abgelehnt werden können. Ich mache mir darüber keine Sorgen: Wenn ich Corona kriege, will ich absolut nicht auf die Intensivstation. Ich trage schon seit Jahren ein Bitte-nicht-wiederbeleben-Bändchen, müsste aber eigentlich noch ein zweites Armband haben mit: »Bitte keine Intensivbehandlung.« Nur sicherheitshalber, denn inzwischen herrscht stillschweigend die Praxis, schwer kranke Hochbetagte nach Möglichkeit nicht noch für qualvolle Wochen oder Monate an einem Beatmungsgerät dahinvegetieren zu lassen. Damit geht natürlich kein Arzt hausieren, weil immer noch viele Menschen lauthals verkünden, wie respektlos das ist und dass jedes Leben zählt. Ich jedoch würde es, was mich betrifft, viel eher respektlos finden, wenn man mich noch wochenlang mit allen möglichen Tricks am Leben halten würde, obwohl ich unter diesen Umständen einfach lieber tot wäre.

Ich bin doch auf Nummer sicher gegangen. Ich habe ein dickes Gummiband genommen und darauf »Bitte keine Intensivbehandlung« geschrieben. Es ist ein bisschen schwer zu erkennen, denn mit dem Füller ging es auf dem dicken Gummi nicht so gut. Ich trage es jetzt um das Handgelenk.

Sonntag, 5. April

»Ich hoffe, dass mich der liebe Gott bald zu sich holt«, stöhnte Frau Hemelaar schon zum zehnten Mal in dieser Woche, um darauf einen ordentlichen Happen von ihrem Windbeutel zu nehmen.

Ich konnte mir das nicht mehr länger anhören und schlug vor, dass sie sich einfach ohne Mundschutz auf die überfüllte Intensivstation begeben könnte.

»Vielleicht müssen Sie dem Herrgott ja ein klein wenig behilflich sein«, ergänzte Leonie.

Die Hemelaar sah uns vernichtend an. So eilig hatte sie es anscheinend doch wieder nicht.

Sie nahm noch einen Bissen. Ein Klacks Schlagsahne landete auf ihrem riesigen Busen.

Wie man inzwischen weiß, hat das Coronavirus nicht nur eine Vorliebe für alte, sondern auch für dicke Menschen. Das war den Experten zwar schon eine Weile bekannt, wurde von den Ärzten aber nicht an die große Glocke gehängt. Vielleicht, um dicke Menschen nicht zu ängstigen, weil die es ja so schon nicht einfach haben? Damit die Dünnen nicht sagen: Selbst schuld, wenn die sich nicht zusammenreißen können?

Als ob es früher oder später nicht ans Licht gekommen wäre, dass das Coronavirus auf Bauchspeck steht.

Dienstag, 7. April

»Bei den australischen Waldbränden sind achttausend Koalabären umgekommen. Das finde ich vielleicht sogar noch schlimmer als achttausend Coronatote.« Frau Kamstra wischte sich nach dieser Mitteilung vorsichtig eine nicht vorhandene Träne aus dem Gesicht.

»Was meinen Sie mit ›vielleicht‹?«, wollte die Schwester wissen.

»Nun, das hängt ein wenig davon ab, wer stirbt.«

Die Schwester fand Gefallen an dem Gespräch. »Finden Sie zum Beispiel Herrn Groen wichtiger als einen Koalabären?« Sie zeigte auf mich.

»Ja, Herr Groen ist durchaus wichtiger«, gab die Kamstra nach einigem Nachdenken zurück.

»Herzlichen Dank«, antwortete ich.

Herr Jojo schaltete sich lächelnd in das Gespräch ein. »Ist Herr Groen denn auch gewichtiger als zwei Koalas?«

Darauf wollte die Kamstra keine Antwort geben. Vermutlich bin ich ihr ungefähr anderthalb Koalas wert.

Ich hatte bei dem Friedhof, auf dem Evert begraben liegt, einen Antrag gestellt; jetzt ist die Antwort gekommen. Kurz gesagt: Es hängt ein wenig davon ab, wann ich sterbe, allerdings gibt es direkt auf Everts Feld keinen Platz mehr. Aber ganz in der Nähe.

Doch garantieren konnten sie es mir nicht.

Weil ich über kurz oder lang keine Entscheidungen mehr werde treffen können, schaue ich mir das heute Nachmittag noch einmal an und mache ein paar Fotos für die »Letzte Wünsche«-Mappe. Es wird wohl darauf hinauslaufen, dass ich das ganze Telefon in die Mappe stecken muss, denn ich habe keine Ahnung, wie man die Fotos von einem Handy auf Papier bringt. Früher hat man einfach das Filmröllchen weggebracht, aber ich glaube nicht, dass man sein Telefon wegbringen kann.

Leonie will nicht mitkommen.

»Allein beim Gedanken, dein Grab auszusuchen, schüttelt es mich, Hendrik.«

So kann sie wunderbar auf den Hund aufpassen.

Mittwoch, 8. April

Es war ein schöner Frühlingstag. In Bus und Bahn herrschte Totenstille, das lag bestimmt am Coronavirus.

Vom Busfahrer aus brauchte ich mir kein Ticket zu kaufen. Es war ihm viel zu umständlich, oder aber er fürchtete, ich würde ihn anstecken. Rot-weiße Sicherheitsbänder schirmten ihn rundum ab.

Hab ich mir das Ticket für den Zug auch gleich geschenkt und an der Centraal Station eine Frau mit großem Koffer gefragt, ob ich mit ihr durch die Schranke schlüpfen dürfte. Sie sah mich ein wenig irritiert an, tat mir aber den Gefallen. Ich werde immer skrupelloser. Das genieße ich sehr.

Auf dem Friedhof habe ich Evert von dem ganzen Theater wegen C. berichtet.

»Gott, Henkie, dass du das alles noch mitmachen darfst. Liebend gern hätte ich mit dir alles auf den Kopf gestellt, das weißt du, aber leider kann ich hier nicht weg.«

Danach haben wir gemeinsam eine Runde über ein

Feld gedreht, auf dem noch etwas frei war, und eine Liste gemacht mit vier Plätzen, auf denen ich gern liegen würde. Ich habe von jedem ein Foto geknipst. Wobei, eigentlich hat das eine Frau für mich übernommen, die dort gerade auf einer Bank saß. So konnte ich mit aufs Bild. Fand ich witzig. Vielleicht wäre das ja was für den Sarg?

Später fiel mir plötzlich auf, dass Everts Bein wieder dran war. Das war doch nicht möglich?

Ich weiß nicht mehr so genau, wie ich nach Hause gekommen bin, aber ich habe es geschafft.

Fräulein Jansen wedelte sich fast den Schwanz ab, und Leonie stieß einen Seufzer der Erleichterung aus, als ich in ihr Zimmer trat. Sie ist überbesorgt, was zu nichts nütze ist. Ich finde mich wirklich selbst zurecht.

Donnerstag, 9. April

In einem jüdischen Pflegeheim in Amsterdam gab es viele Todesfälle.

Sie hatten dort vor Kurzem noch das ein oder andere jüdische Fest gefeiert, mit viel Besuch, und waren daher, so war zwischen den Zeilen zu lesen, auch ein wenig selbst schuld.

Ich will überhaupt nicht mehr über das leidige Corona schreiben, darüber sprechen übrigens auch nicht. Ich habe Leonie und Jojo vorgeschlagen, unseren Tisch im Gemeinschaftsraum als coronafreien Bereich auszurufen. Das schien ihnen eine sehr gute Idee.

Gott sei Dank habe ich Fräulein Jansen. Mit ihm rede ich am allermeisten, und dabei geht es nie um Corona.

Mit Leonie spreche ich nach dem Hund am zweithäufigsten. Wir versuchen zwar, das C-Wort zu vermeiden, allerdings wird man manchmal, ohne es zu merken, in das Thema hineingezogen. Überall Schilder und Absperrbänder und Menschen, die einen Bogen um einen machen. Da muss man sich schon sehr anstrengen, um nicht daran zu denken.

Leonie und ich gehen, trotz des dringenden Appells, im Haus zu bleiben, täglich mit Fräulein Jansen an den Strand.

Wenn wir am Portier vorbeikommen, zeigen wir auf den Hund. Zum Glück macht der Portier keine Probleme. Er zwinkert uns zu und schaut angestrengt auf die andere Seite. Die Stationsleitung wird wohl Bescheid wissen, drückt wahrscheinlich aber ebenfalls so lange wie möglich ein Auge zu.

Zwei- oder dreimal pro Woche verabrede ich mich mit Frida über WhatsApp. Dann wartet sie an der Straßenecke und rennt auf uns zu, sobald sie uns sieht. Anschließend fallen Frida und der Hund einander in die Arme oder Pfoten und führen ein wunderliches Tänzchen auf. Leonie und ich stehen jedes Mal dabei und versuchen krampfhaft, die Tränen der Rührung wegzuzwinkern.

Wenn sie fertig getanzt haben, bekommen wir von Frida einen High five und eine Umarmung über die Luft.

Am Strand rennen Hund und designiertes Frauchen hintereinander her, bis sie umfallen. Wir gehen ganz gemächlich Arm in Arm, glücklich, hier zu sein.

Freitag, 10. April

Die Zeitung titelt: Coronakrise – MILLIARDENHILFE FÜR AIR FRANCE-KLM.

Mir stand vor Erstaunen der Mund offen. Werden wir jetzt als Erstes die KLM retten? Sollten wir nicht zunächst sämtliche Einsparungen in der Pflege rückgängig machen? Oder den Kulturbereich unterstützen? Oder die kleinen Mittelständler? Aber nein: Umweltzerstörenden, nicht-kerosinsteuer-bezahlenden, reichen KLM-Passagieren muss es möglich sein zu fliegen.

Und wie unverschämt kann man sein: Es war überdies auch noch die Rede von einer kräftigen Gehaltserhöhung für den KLM-Chef. Weil »dieser Prozess bereits vor den Coronamaßnahmen in Gang gesetzt wurde«. Da kann man natürlich nicht mehr zurück, das versteht sich von selbst.

Ich habe angefangen, eine Liste mit Forderungen und Wünschen anzulegen für den Fall, dass ich irgendwann auf der Demenzstation lande. Falls sich der alte Hendrik, der tief in mir verborgen sitzt, dann doch noch ärgern oder Dinge genießen kann.

Ganz oben auf der Liste: keine Klinikclowns!

Die kommen nämlich auch zu den Dementen. Ich dachte immer, dass Klinikclowns Ehrenamtliche wären, aber kürzlich las ich einen Bericht in der Zeitung (ausgeschnitten und aufgehängt), dass ein Senior-Klinikclown in den Niederlanden knapp 1300 Euro mehr verdient als eine ausgebildete Pflegekraft. Was für eine Beleidigung für Pflegekräfte!

Neben diese Forderung notiere ich: »Es besteht das Risiko, dass ich in aller Unschuld meiner fortgeschrittenen Demenz den Klinikclown mit seinen eigenen Hosenträgern erwürge.«

Erster Punkt auf der Wunschliste: Trost-Tiere.

Der mobile Streichelzoo von Swiffers Hoeve bringt auf Bestellung um die fünfundzwanzig Tiere vorbei, die von den alten Leutchen gestreichelt und geknuddelt werden dürfen. Zu den Streichelzoogästen zählen nicht nur klassische Streicheltiere wie Kaninchen, Meerschweinchen und Geißlein, sondern auch ein Ferkelchen, hoffentlich voller Schlamm, und, das ist überraschend, Hühner und Gänse. Haltet Letztere besser von mir fern, denn Tieren mit Schnäbeln traue ich nicht.

Als Kind hat mir ein Huhn mal einen Sprung in die Brille gepickt. Ein Glück, dass ich überhaupt eine aufhatte, sonst wäre ich mein restliches Leben mit einer Augenklappe herumgelaufen. Zur Verteidigung des Huhns muss ich gestehen, dass ich es an einem Flügel hochgehoben hatte.

Ich habe in die Mappe mit dem wichtigen Papierkram einen Umschlag mit zweihundert Euro für Nokkie Zalm gesteckt, den ehrenamtlichen Schatzmeister von Swiffers Hoeve, als Anreiz, mit seinen Streicheltieren vorbeizukommen.

Samstag, 11. April

Als Schulleiter hatte man früher immer eine eigene Jahrgangsstufe. In meinem Fall stets die sechste. Ich gab sämtliche Fächer: Rechnen, Sprachunterricht, Erdkunde, aber auch Sport, Musik und Handarbeiten. Sport habe ich gern unterrichtet. Ich mache noch immer ein paar

Übungen, die ich früher meinen Schülern auferlegt habe. Leider kann man nicht allein Völkerball spielen, das war mein Lieblingsspiel. Oder Zirkeltraining.

Glücklicherweise gab es zu meiner Zeit noch nicht diesen Wust an Regeln, Prozeduren und administrativen Verpflichtungen. Ich konnte einfach meiner Arbeit nachgehen. Ich hatte auch nie Probleme mit Besuchern aus dem Bildungsministerium, die noch nie selbst vor einer Klasse gestanden hatten. Auch war ich nie gezwungen, Onlineunterricht zu geben wie die Lehrerinnen und Lehrer heute.

Früher war alles besser.

Gezeichnet: Lehrer Groen

Dienstag, 14. April

Heute Morgen betrat ich den Speisesaal: Niemand da, nur der türkische Putzmann. Der blickte irritiert auf.

»Guten Morgen, mein Herr. Ziemlich früh, oder?«

Ich blickte auf die Wanduhr: Viertel nach sechs. Was, um Himmels willen, tat ich hier so früh?

»Ich habe, glaub ich, gerade geschlafwandelt«, antwortete ich nach einigem Zögern.

»Was?«

»Schlafwandeln.«

Ich machte es vor, so, wie man es in Zeichentrickfilmen immer sieht: Mit geschlossenen Augen und vor mir ausgestreckten Armen lief ich ein paar Schritte nach vorne.

Gegen einen Tisch.

Ich glaube, der Putzmann hat es verstanden; jedenfalls musste er lachen und klopfte mir auf die Schulter. Endlich jemand, der sich normal benahm und nicht zwei Meter Abstand hielt. Ich klopfte ihm ebenfalls auf die Schulter. Dass sich normal zu benehmen so schön sein kann.

»Ich gehe wieder ins Bett. Bett. Schlafen.« Ich machte die Gebärde für Schlafengehen.

Er nickte.

»Schlafen gut, mein Herr.«

An der Tür winkte ich noch mal. Er winkte zurück.

Mittwoch, 15. April

Ich bin so gespannt, welche Art Demenzkranker ich wohl sein werde. Leider werde ich es nie erfahren. Mir wurde schon von mehreren Seiten mitgeteilt, dass ich in letzter Zeit etwas schroff sei. Weniger brav. Kurz vor Torschluss werde ich doch noch so, wie ich mein ganzes Leben sein wollte. Nicht so ein vorsichtiger, braver Hendrik, der es allen immer recht machen will, sondern jemand, der sich zu sagen traut, was Sache ist.

»Sie fluchen zurzeit ziemlich oft«, befand die nette Schwester neulich. Ich hatte mir beim Aufstehen den kleinen Zeh am Tischbein gestoßen und eine ordentliche Schimpfkanonade losgelassen. »Aber«, fügte sie hinzu, »wenn man sich den kleinen Zeh stößt, dann darf man das. Das tut echt weh.«

Darauf mussten wir beide lachen.

Ich fluche mehr, aber ich lache auch mehr. Ich habe mich mit Frida schon ein paarmal schlappgelacht. Beispielsweise als sich am Strand herausstellte, dass ich meine Hose verkehrt herum anhatte und noch dazu die Taschen mit Bonbons vollgestopft waren. Die haben wir dann alle aufgegessen.

Leonie hat das Tagebuch komplett gelesen und korrigiert. Die Arbeit daran hat ihr großes Vergnügen bereitet.

»Ein paar Dinge habe ich allerdings verändert. Manches war nicht ganz stimmig. Und manches war überhaupt nicht stimmig.«

Danach hat sie mir ein kleines Stück vorgelesen, in dem sie das ein oder andere umgeschrieben hatte.

Seltsames Gefühl: etwas vorgelesen zu bekommen, das man unlängst selbst verfasst, aber teilweise bereits wieder vergessen hat.

»Echt schön geschrieben, ich muss schon sagen«, meinte ich zu Leonie, und da war sie ganz meiner Meinung.

Wir haben beschlossen, so lange wie möglich gemeinsam weiterzuschreiben.

Später an diesem Tag habe ich selbst noch ein gutes Stück in meinem Tagebuch gelesen. Dabei kamen zum Glück wieder einige Erinnerungen ans Licht.

Freitag, 17. April

Ich war zur Kontrolle beim Geriater. Er war, wie immer, offen und ehrlich.

»Was Demenz und Alzheimer betrifft, kann ich die leider nicht heilen, höchstens versuchen, den Menschen, die nicht mehr geheilt werden können, noch ein paar akzeptable Jahre zu ermöglichen. Oder Monate.«

»Nun, Ersteres ist klar«, gab ich zurück, »und was den zweiten Teil betrifft: Welche Mittel stehen Ihnen zur Verfügung, um diese akzeptable Zeit zuwege zu bringen?«

»Vielleicht muss ich gar nichts tun, und Sie werden ganz von selbst ein fröhlicher Dementer. Das lässt sich schwer vorhersagen. Aber falls Sie Wutanfälle oder Weinkrämpfe bekommen, unterdrücken wir diese zumeist ziemlich erfolgreich mittels eines Cocktails aus Valium und Largactil.«

Ich habe ihn daraufhin gefragt, ob er nicht zunächst Cocktails mit viel Alkohol darin an mir ausprobieren wolle.

»Zum Beispiel einen Tequila Sunrise oder einen Sex on the Beach.«

Wo ich das auf einmal herhatte, ich weiß es nicht. Nie getrunken. Aber ich habe nachgelesen: Es sind berühmte Cocktails, allerdings weiß ich schon nicht mehr, woraus sie bestehen.

Der Geriater fand das sehr witzig und versprach mir, es mit diesen Drinks zu versuchen, sollte ich recht garstig oder betrübt sein.

»Aber nur heimlich, Herr Groen, denn diese Medikamente gehören in den Bereich der alternativen Heilkunde, und da macht die Versicherung Probleme.«

»Scheiß auf die Versicherung. Und genehmigen Sie sich selbst auch einen.«

Ja, das habe ich wirklich gesagt. Wir mussten beide furchtbar lachen.

Sonntag, 19. April

Der coronafreie Tisch ist gescheitert.

In Amsterdam-Nord hatten wir damals mit Alanito einen krankheitsfreien Tisch ausgerufen. Dort durfte nicht über Krankheiten und andere Leiden gesprochen werden. Evert war für die Durchsetzung zuständig. Wenn jemand aus Versehen über beginnende Kopfschmerzen zu reden anfing, war er sofort zur Stelle und griff ein.

»Für mich bitte ein Cremeschnittchen. Oder nein, lieber einen Rotwein«, sprach Evert dann aus dem Nichts. Dann wussten alle, dass jemand gesündigt hatte.

Die Sanktion eines Verstoßes bestand nämlich in der Pflicht, den anderen etwas Leckeres zu spendieren. Anfangs wurden wir all der Törtchen und Schnäpschen kaum Herr, so oft passierte jemandem ein Ausrutscher. Es war die Macht der Gewohnheit. Als wir uns erst einmal ein wenig daran gewöhnt hatten, nicht mehr über körperliches Ungemach zu klagen, ging es besser.

Allerdings setzte sich Evert mitunter völlig unerwartet an den Nebentisch, rief von dort aus, wie sehr es ihn am Arsch juckte, kam zurück an seinen Platz und fing an, sich ungeniert am Hintern zu kratzen.

Es hatte keinen Sinn, eine Runde einzufordern.

»Ich habe beim Jammern nicht am krankheitsfreien Tisch gesessen«, verteidigte sich Evert.

Ich weiß ehrlich gesagt nicht, ob ich die spendierten Runden nur dazuerfunden habe.

Aber den coronafreien Tisch, den, an dem Leonie, Herr Jojo und ich meist sitzen, haben wir nicht zuwege gebracht. Wir sind komplett damit gescheitert. Es hätte

Runde um Runde regnen müssen. Etwas derart Unausweichliches wie Corona habe ich mein Lebtag noch nicht mitgemacht. Fürch-ter-lich.

Montag, 20. April

Was für ein herrlicher Tag, gestern!

Der Portier rief mich über das Haustelefon an: »Es wartet jemand an der Pforte auf Sie, Herr Groen. Er sagt, er sei ein alter Bekannter von Ihnen.«

Ich hatte keine Ahnung, wer das sein konnte. Vielleicht jemand von Alanito?

Meine Neugier war geweckt, und ich lief in Höchstgeschwindigkeit hinunter, das sind gegenwärtig etwa 3,5 Kilometer pro Stunde.

Und da stand er, direkt vor dem Eingang, mit seinem aufgemotzten tomatenroten Elektromobil: mein treuer Elektromobilkamerad, Herr Hoogdalen.

»Hierher, Herr Groen, ich bin's.«

»Herr Hoogdalen, was für eine wunderbare Überraschung! Das gibt's ja nicht! Sind Sie den ganzen Weg hierhergefahren?«

»Nein, mein Sohn hat mich mit dem Abschleppwagen gebracht und vor der Tür abgesetzt, am Abend holt er mich wieder ab. Und in der Zwischenzeit gondeln wir die Akkus leer. Darauf habe ich schon lange große Lust. Endlich mal wieder mit Herrn Groen unterwegs.«

Es war die größte Anzahl an Wörtern, die ich meinen Freund, den stillen Genießer, je habe von sich geben hören.

»Ich hole mein Elektromobil und ziehe mir schnell eine Jacke über«, sagte ich.

Zehn Minuten später fuhren wir hintereinander durch die sonnendurchfluteten Dünen. Der Wind wehte mir durch die verbliebenen Haare, Möwen kreischten, der Motor summte.

Ab und zu reckten wir einander den Daumen hoch.

»Schön, oder?«

»Herrlich.«

Nach einer Stunde hielt Herr Hoogdalen an einer Parkbank. Es war Zeit für eine kurze Pause.

»Lust auf ein Pilschen, Herr Groen?«

»Nun, Herr Hoogdalen, da sage ich nicht Nein.«

Er hatte eine kleine Kühlbox mit zwei Dosen Bier dabei.

»Prost.«

»Auf uns.«

Herr Hoogdalen seufzte glücklich.

»Gott, was habe ich die kleinen Ausflüge mit Ihnen vermisst.«

Ich war gerührt.

»Was für eine großartige Idee von Ihnen, einfach vorbeizukommen, ohne großes Verabreden und all das Getue. Genau das, was ich gebraucht habe.«

»Ich habe auch zwei Schinkenbrötchen mit.«

Herr Hoogdalen suchte ziemlich lange zwischen den Kühlelementen seiner Minikühlbox.

»Das darf doch wohl nicht wahr sein. Jetzt habe ich sie doch noch auf der Anrichte liegen lassen.« Er seufzte unglücklich.

»Macht nichts, solche Dinge passieren mir ständig«, tröstete ich ihn.

»Dann ein paar Chips, Herr Groen?«

Wir saßen auf unserer Bank in der Sonne und vertilgten in aller Ruhe, leise knuspernd, eine Familienpackung Paprikachips.

»Echt lecker, diese Chips«, fanden wir.

Nach etwa zwanzig Minuten stiegen wir wieder in unsere Elektromobile und fuhren, bis die Akkus beinahe leer waren. Ausgesprochen zufrieden hielten wir schließlich vor dem Eingang meines Seniorenheims.

»Wie spät holt Ihr Sohn Sie wieder ab?«, erkundigte ich mich.

Hoogdalen sah auf die Uhr. »In einer Stunde.«

»Darf mein Bruder ausnahmsweise kurz mit mir nach oben?«, fragte ich den freundlichen Portier. »Sein Sohn holt ihn nachher ab.«

Der Portier dämpfte die Stimme. »Ich geh jetzt kurz in den Speisesaal. Sie warten eine halbe Minute, dann fahren Sie gemeinsam mit Ihrem ›Bruder‹ hinter meinem Rücken mit dem Lift hoch.«

Ohne den Kopf zu bewegen, schielte er mit verschwörerischem Blick nach oben.

Ich folgte seinem Blick.

»Nicht schauen«, warnte er mich, »da hängt die Kamera.« Und dann mit einem Grinsen: »Nee, nee, ich bin der Einzige, der sich die Bilder ansieht. Ganz selten, wenn ich wirklich nichts anderes zu tun habe. Sie hängt hier mehr zur Deko, könnte man sagen.«

Ein Mann nach meinem Geschmack. Regeln sind für Menschen gemacht und nicht anders herum.

»Ich hätte Sie gern zum Bruder gehabt, Herr Groen«, meinte Hoogdalen, während er sich bei mir im Zimmer ein Schnäpschen zu einem Stückchen Käse und einem Scheibchen Leberwurst genehmigte. »Ich hab nur vier

Schwestern. Allesamt herzensgut, aber eine Schwester ist nun mal kein Bruder.«

»Ich habe weder einen Bruder noch eine Schwester.«

»Fanden Sie das schade?«

»Was man nie gehabt hat, vermisst man auch nicht so schnell. Ich hatte zum Glück sehr liebe und fürsorgliche Eltern.«

Wir hatten einander eigentlich noch nie besucht. Wir fuhren nur immer hintereinander her. Nun stellte sich heraus, dass wir auch einfach ein bisschen plaudern konnten. Über früher und all die schönen Ausfahrten, die wir miteinander gemacht haben.

Nach einer Weile sah Hoogdalen auf die Uhr. »Er kommt spät.«

Nach einer halben Stunde sah er erneut nach. »Er kommt sehr spät.«

Ich schenkte uns noch mal ein. Dann klingelte mein Telefon.

»Groen … Ja … Ja, der ist hier … das werde ich ihn fragen.«

Ich drehte mich zu meinem Gast. »Ihr Sohn fragt, ob Sie Ihr Telefon einschalten könnten, dann kann er Sie anrufen.«

Hoogdalen sah mich erstaunt an und schaltete sein Handy ein, das sogleich läutete.

»Ja, ich bin dran. Ja … Es ist aus, weil mich doch nie jemand anruft … Ja, ich weiß. Aber wo bleibst du?«

Hoogdalens Sohn, der selbst eine Autowerkstatt betrieb, schien mit einer Panne am Straßenrand zu stehen. Er musste auf einen noch größeren Abschleppwagen warten, damit dieser seinen kaputten Abschleppwagen zurück zur Werkstatt schleppte. Das konnte noch eine ganze Weile dauern, hörte ich aus dem Gespräch heraus.

»Wie lange denn, Junge? … Was? … Das weiß ich

nicht.« Er wandte sich an mich. »Mein Sohn fragt, ob ich hier übernachten könnte.«

Ich hatte mittlerweile ein Bierchen und drei Schnäpse intus. Da kennt man keine Bedenken mehr.

»Ja, natürlich. Sie müssen aber aufs Sofa.«

Es wurde ein geselliger Abend. Ich bestellte Chinesisch, wir tranken eine dreiviertel Flasche Genever und redeten viel, wenn ich auch nicht mehr weiß, worüber, und danach muss ich wohl ins Bett gegangen sein, denn dort wurde ich heute Morgen von Herrn Hoogdalen geweckt.

»Guten Morgen, Herr Groen, gut geschlafen?«

»Ja, prima ... Hab jetzt allerdings ein bisschen einen dicken Schädel. Aber das war es wert.«

Er brachte mir eine Tasse Tee und einen Zwieback mit Schokostreuseln. Es war das erste Frühstück im Bett seit über fünfzig Jahren.

Dann klingelte sein Handy.

»Ja, ich bin's. Was? ... Du stehst schon da? ... Ja, ich komme.« Hoogdalen legte auf.

»Das war mein Sohn. Er steht vor dem Eingang. Ich muss gehen.«

Er gab mir die Hand. »Vielen Dank, Herr Groen. Es war ein Supertag. Bis bald, ja?«

»Ich danke Ihnen, Herr Hoogdalen. Es war mit Abstand der schönste Tag seit Langem.«

Ich begleitete ihn im Pyjama nach unten. Mitten in der Eingangshalle parkten unsere Elektromobile. Beim Manövrieren in Richtung Korridor stieß er noch gegen den Abfalleimer, den Tisch und den Türpfosten, aber er schien es nicht zu merken.

»Bis bald. Und ziehen Sie sich etwas Wärmeres an, Herr Groen, Sie erkälten sich sonst.«

»Grüßen Sie Ihren Sohn.«

»Das werde ich tun.«

Was für ein Tag. Als wäre ich kurz mal in einer anderen Welt gewesen. Ein paar Stunden später fragte ich mich, ob ich das alles nur geträumt hatte oder wieder mal vom Alzheimer geschüttelt worden war.

Zum Glück fand ich noch eine Socke von Herrn Hoogdalen unter dem Sofa.

Während der ganzen Zeit mit Herrn Hoogdalen ist das C-Wort nicht ein einziges Mal gefallen.

Mittwoch, 22. April

Ich bin unberechenbar geworden. Früher war Herr Groen die Ausgeglichenheit in Person, heute nicht mehr.

Den einen Tag bin ich schon beim Aufstehen todmüde und schleppe mich durch die Stunden, den anderen Tag stehe ich fröhlich pfeifend auf und schaffe es spielend bis zu den Spätnachrichten.

Den einen Moment kann ich gut gelaunt und umgänglich sein, und nur eine Stunde später rege ich mich auf über jeden Pups, der hier gelassen wird, und das sind viele.

Das eine Mal bin ich völlig klar, das andere Mal mache ich alles falsch und bin die ganze Zeit desorientiert. Im buchstäblichen wie übertragenen Sinne.

Schreiben macht nur Sinn, wenn ich in Form bin. Sonst gelangt kein einziges verständliches Wort in den Computer. Dann kommt sogar die Rechtschreibprüfung durcheinander.

Kurzum: Man kann nicht mehr auf mich bauen. Leider

bin ich mir dessen nur bewusst, wenn ich einen guten Tag habe. An schlechten Tagen müssen es meine Mitbewohner ausbaden. Dann ist Rektor Groen streng. So streng, dass ich auch schon einen Hieb mit dem Lineal ausgeteilt zu haben scheine. Das sagte zumindest die Schwester.

Ich habe in der Kiste mit Aafkes Spielzeug eine Tafel mit Kreiden gefunden. Wenn es in meinem Kopf anfängt, Karussell zu fahren, zeichne ich auf dieser Tafel. Das macht mich ruhig. Viel mehr als Männchen mit Harken anstelle von Händen und Häuschen mit Spitzdächern bringen meine Finger nicht zuwege. Was die Zeichenkünste betrifft, bin ich bereits zurück auf Los.

Donnerstag, 23. April

Heute Morgen waren sechs Personen im Gemeinschaftsraum.

An einem Tisch saßen Leonie, Herr Jojo und ich, während die anderen drei je einen Tisch für sich beanspruchten.

»Heute sind aber wenige da«, wunderte sich die freundliche Schwester Fatima.

»Gut; wenn die anderen nicht kommen, muss eben jeder drei Kekse essen, sonst werden sie alt!«, rief sie freudestrahlend.

Das hob die Stimmung glücklicherweise beträchtlich.

»Menschen sehen wir gern alt werden, Kekse nicht«, bemerkte Herr Jojo.

»Ist das eine alte indonesische Weisheit?«, fragte Leonie schelmisch.

»Nein, das ist von mir.«

Die Mehrheit der Bewohner traut sich nicht mehr raus aus seinem oder ihrem Zimmer aus Furcht, sich anzustecken und zu versterben.

Meiner Ansicht nach ist man eigentlich, zumindest technisch gesehen, bereits tot, wenn einen niemand mehr sieht. Ich würde das Leben nicht mehr der Mühe wert finden, wenn ich in einem Kämmerchen von vier mal sechs Metern eingeschlossen säße und mir das Essen vor die Tür gestellt werden würde. Das klingt verdächtig nach freiwilliger Haftstrafe. Und in Anbetracht unseres Alters könnte das durchaus ein »Lebenslänglich« werden.

Nein, dann nehme ich lieber das Risiko einer Coronainfektion in Kauf. Wie hoch wird die Wahrscheinlichkeit sein? Eins zu fünfhundert? Und wenn es eins zu hundert wäre, *what the fuck*. Das sagt Frida immer.

Ich spaziere weiterhin am Strand, lache mit Frida, puzzle mit Jojo und esse drei Kekse mit der netten Schwester.

Und wenn mich der Tod holen kommt, gehe ich widerstandslos mit.

Lidy, die Planerin unserer Freizeitaktivitäten, hat ein Spiel ersonnen, das sich ihrer Ansicht nach perfekt für den Lockdown eignet. Es heißt »Secret Friend«. Das klingt gewichtiger als »Heimlicher Freund«, und so hoffte Lidy, damit eine größere Zahl von Teilnehmern zu gewinnen.

Ich stand dem Ganzen zunächst etwas skeptisch gegenüber, aber jetzt glaube ich, es könnte in diesen einsamen Zeiten wirklich nett sein.

Lidy hat an sämtliche Türen geklopft und, in manchen

Fällen durch die verschlossene Tür, die Spielregeln erklärt und so schließlich siebenundzwanzig Personen zum Mitmachen bewegt, darunter auch ein paar Angestellte. Mittlerweile hat jeder eine vollständige Teilnehmerliste erhalten.

Lidy hat die Namen auf Zetteln notiert und in einen großen Hut gelegt, und nach geheimer Ziehung wurde jedem der Teilnehmer ein Secret Friend zugewiesen. Diese Zettel wurden jeweils unter der entsprechenden Tür durchgeschoben. Dabei wusste man selbstverständlich nicht, wessen Secret Friend man selbst war.

Anschließend sollte man seinem neuen Freund/seiner neuen Freundin eine nette Karte schreiben, sodass dieser oder diese »unerwartet« Post von einer nicht bekannten Person bekäme.

Ich bin gespannt.

Freitag, 24. April

Ich habe Frau Sliedrecht als Secret Friend gezogen.

Ich kenne sie kaum. Bis jetzt hatten wir eigentlich nur tiefgehende Gespräche im Lift.

»Guten Morgen.«

»Guten Morgen.«

Schweigen.

»Schönen Tag noch.«

»Gleichfalls.«

Sie sitzt immer mit Frau Zwaan an einem Tisch in der Ecke. Ihre Hauptbeschäftigungen sind Stricken und Schweigen. Mitunter betrachten sie wohlwollend das Werk der anderen.

Was sollte ich ihr schicken? Es gab nicht viel Auswahl: Ich hatte zwei alte Weihnachtskarten und ein paar Karten mit den Kinderbuchfiguren Jip und Janneke darauf von der Kindernothilfe.

Mit schwarzem Stift hatte ich auf der einen Karte von Jip und Janneke etwas dazugezeichnet, sodass es aussah, als ob da jemand strickte. Auf die Rückseite hatte ich ein Gedicht geschrieben:

Beim sanften Klicken der Nadel
Gesteh ich ganz ohne Tadel,
Dass, wenn ich Sie so seh' stricken,
Ich fast wahnsinnig werd' vor Verzücken.

Nicht gerade große Dichtkunst und auch nicht unbedingt die Wahrheit, aber, ganz ehrlich, was Besseres wollte mir nicht aus der Feder.

Lidy hat allen einen Vorrat an Briefumschlägen gebracht. Die Teilnehmer mussten die Karten in zwei Umschlägen verpackt wieder unter der Tür durch auf den Gang schieben. Auf dem inneren Umschlag stand der Name des Empfängers, der äußere war unbeschriftet, sodass keiner, der über den Flur ging, von außen etwas erkennen konnte. Nur Lidy durfte die Umschläge einsammeln und machte mehrmals täglich ihre Runde durch die Korridore, öffnete die Blankoumschläge und lieferte danach die Post an die Adressaten aus.

Samstag, 25. April

Ich habe einen Brief von meinem heimlichen Freund oder meiner heimlichen Freundin bekommen. Einen handgeschriebenen Brief auf einem schlampig abgetrennten halben DIN-A4-Blatt.

Lieber Herr Groen,
es ist ales nicht so einfach, aber wir müsen das Beste draus machen.
Ich habe mein Son gebeten, ein paar schöne Ansichtskarten für sie zu kaufen.
Die krigen sie also noch.
Drum jetz dieses Blatt.
Das wars.
Grüße von ihrem/ihrer heimlichen Freund(in)

Hier gab es für einen Lehrer noch ein ordentliches Stück Arbeit, wenngleich es durchaus in schöner, zierlicher Handschrift geschrieben war.

Ich musste meinen Secret Friend in der Kategorie Legastheniker suchen, so viel war klar. Ich nahm die Teilnehmerliste zur Hand und strich sieben Namen durch. Von den meisten wusste ich genau, dass sie niemals so einen Brief schreiben und auch nicht so viele Rechtschreibfehler machen würden.

Ich werde in den nächsten Tagen unauffällig versuchen, so vielen Mitbewohnern wie möglich etwas Handschriftliches abzuluchsen.

Der Detektiv in mir ist erwacht.

Sonntag, 26. April

Lidy hat eine WhatsApp-Gruppe erstellt, in der alle Spielteilnehmer aufgenommen sind. Voraussetzung ist natürlich, dass sie überhaupt solche Nachrichten schreiben können. In dieser Gruppe haben die Spielteilnehmer die Möglichkeit, auf Briefe und Karten, die sie erhalten haben, zu reagieren.

Schon am ersten Tag waren es fünfunddreißig Nachrichten.

Frau Sliedrecht schrieb, dass sie noch nie im Leben so ein schönes Gedicht bekommen hätte. Ich war gerührt, dass ich ihr mit meinen Reimereien eine solche Freude hatte machen können.

Frau Brioche hatte aus Versehen ihren Namen auf die Karte geschrieben, und der Empfänger, Herr Sluiter, wollte nun gern einen neuen Secret Friend. Lidy antwortete, dass sie sehen wolle, ob sie einen geheimen Tausch bewerkstelligen könne, worauf zwei Bewohner schrieben, dass sie Frau Brioche lieber nicht zur heimlichen Freundin haben wollten, wonach die Brioche verärgert aus dem Spiel ausstieg. Es ist nicht ganz klar, wie Lidy gedenkt, einen neuen Freund für Herrn Sluiter zu finden, sie meinte aber, sie würde das Problem lösen.

Frau Beekhoven indes war sehr enttäuscht, weil sie als Einzige noch nichts bekommen hatte. Sie schrieb: »Ich hoffe nicht, dass mein neuer Freund krank ist. Oder tot. Falls doch, von Herzen gute Besserung. Zumindest bei Ersterem.«

Ansonsten nur fröhliche Smileys und Daumen hoch. Und viele Andeutungen darauf, wen man verdächtigte, der persönliche Secret Friend zu sein.

»Haha, ich glaube, es ist Frau Diks, denn ich habe sie neulich mit einem grünen Stift schreiben sehen.«

»Nein, nein, ich bin es nicht, ich habe meinen grünen Stift verloren«, antwortete die Diks.

Wir sind damit auf jeden Fall fürs Erste beschäftigt.

Weil sich so viele Mitbewohner zu sehr davor fürchten, nach unten zu kommen, gibt es viele freie Tische für unsere Puzzles. Um etwas Abwechslung zu haben, arbeiten wir momentan an drei Puzzles gleichzeitig, Herr Jojo und ich. Ich hatte verkündet, dass jeder, der dazu Lust hatte, mithelfen durfte, aber das habe ich schnell bereut. Ich muss nun bei ein paar Bewohnern jedes Teilchen, das sie legen, überprüfen. Sie drücken einfach so lange, bis es passt. Ich kann es dann wieder herauspopeln. Ich habe Frau Brioche gebeten, doch bitte nicht mehr mitzuhelfen. Die ist dafür echt zu blöde. Sie lehnte ab. Dann habe ich gedroht, ich würde ihr etwas in den Kaffee tun, falls sie nicht damit aufhört. Das hat sie sofort der Schwester gepetzt, die mich natürlich zur Rede gestellt hat. Ich habe es knallhart zugegeben. Herr Jojo sah mich erstaunt an, sagte aber nichts.

Erst später kam er darauf zurück.

»Herr Groen, es sind nur Puzzles. Sie sind es nicht wert, deshalb so böse zu werden.«

Ich hatte keine Ahnung, wovon er sprach.

»Dass Sie so böse auf die komische Frau Brioche waren, nur weil sie nicht puzzeln kann.«

Ich hatte es total vergessen. Konnte mich an nichts mehr erinnern.

»Ich werde ein bisschen darauf achten«, habe ich Jojo versprochen.

Montag, 27. April

Heute Morgen erschien mir mein eigenes Gesicht plötzlich ziemlich fremd. War ich das im Spiegel? Waren das meine faltigen Wangen? Blickten meine Augen derart trübe? Ich musste unbedingt etwas daran ändern. Der Mund war auch nicht mehr sehr kraftvoll. Unschlüssig stand er einen Spaltbreit offen. Wirst du noch etwas sagen oder nicht, Mund?

Wie oft schaue ich am Tag in den Spiegel? Morgens beim Rasieren und abends beim Zähneputzen und zwischendurch vielleicht auch noch ein paarmal per Zufall. Ein eitler Teenager schafft locker an die hundert Mal, Schaufensterauslagen und Selfies mit eingerechnet.

Die meisten Dinge vergesse ich ungewollt, aber das Haarekämmen vergesse ich mitunter absichtlich. Wenn ich weiß oder vermute, dass Leonie bald an meine Tür klopft, dann bringe ich meine Haare erst recht ein wenig durcheinander.

Klopf, klopf.

»Guten Morgen, Hendrik, wollen wir unten eine Tasse Kaffee trinken?«

»Gute Idee, Leonie, gehen wir doch gleich.«

»Warte, Hendrik, so kannst du nicht mitkommen. Wie sehen denn deine Haare aus.«

Dann muss ich mich setzen, und sie kämmt mir langsam und andächtig die Haare.

Ich schließe die Augen. »Lass dir Zeit, lieber Schatz. Herrlich, wie du kämmen kannst.«

Dienstag, 28. April

In den gesamten Niederlanden musste improvisiert werden, nun, da Trödelmärkte und Festivals verboten waren, doch bei uns war der Koningsdag so wie immer: orange Cremetörtchen und fernsehen. Einige Bewohner hatten gestern aus diesem speziellen Anlass sogar für einen Tag die freiwillig gewählte Zimmerquarantäne ausgesetzt. Eine kluge Entscheidung, denn wenn man ganz für sich allein ein unter der Tür durchgeschobenes Cremetörtchen essen muss, wäre es wirklich besser, tot zu sein. Scherz. Ich merke es an dieser Stelle lieber mal an. Obwohl …

Herr Jojo erhob sich nach dem Kaffee unvermittelt und stimmte, noch ein wenig orangen Zuckerguss auf den Lippen, das Wilhelmslied an. Diese spontane Huldigung für unser Land und unseren König fand Nachahmung. Fünf Sekunden später sangen alle mit, einschließlich der zwei diensthabenden Schwestern. Nicht alle Bewohner waren gleich melodie- und textsicher, doch das machte es besonders rührend. Die liebe marokkanische Schwester sang fehlerlos mit, während Frau Scholten, die immer über Ausländer schimpft, höchstens hie und da den richtigen Text traf und in einer völlig eigenen Melodie sang. Darüber habe ich mich später noch köstlich amüsiert. Sie stotterte, dass sie Kopfschmerzen habe und darum nicht singen könne.

»Vielleicht sollten Sie sich besser hinlegen«, schlug Leonie hämisch vor.

Nein, nein, es gehe schon wieder.

Mittwoch, 29. April

Es gibt auch gute Nachrichten: Saudi-Arabien stoppt die Enthauptung Minderjähriger. Auch die Stock- und Peitschenhiebe wurden abgeschafft. Das Abhacken der Hände wegen Diebstahls bleibt allerdings nostalgischer Brauch.

Ich habe vor Kurzem zum dritten oder vierten Mal versehentlich etwas im Supermarkt nicht bezahlt. In Saudi-Arabien hätte ich nun keine Hand mehr übrig.

Zum Glück kennt mich der Mann vom Sicherheitsdienst.

»Das darf man aber nicht, Herr Groen«, ermahnte er mich und holte eine Tube Mayonnaise aus meiner Tasche.

»Ich weiß wirklich nicht, wie die da hingekommen ist«, seufzte ich, und das entsprach auch noch der Wahrheit. »Meine Hände machen sich manchmal einfach selbstständig.«

»Meine Mutter stopfte auch alles Mögliche, ohne nachzudenken, in ihre Taschen, als sie dement war«, tröstete mich der Wachmann.

»Ich bin nicht dement. Zumindest noch nicht. Ich bin zerstreut.«

»Du bist in der Tat ordentlich zerstreut, Hendrik«, meinte Leonie, als ich ihr später verschämt davon berichtete. »Vor allem, wenn es um deine Demenz geht.« Darüber mussten wir beide herzlich lachen.

Donnerstag, 30. April

Das Glück ist stets verletzlich.

Ich war mit meiner Frau in Rom, in der Zeit vor Aafke. Eine wunderbare Stadt, schönes Hotel, nette Gesellschaft. Alles, was man zum Glücklichsein braucht. Ich aber hatte drei Tage lang entsetzliche Zahnschmerzen, wie viele Aspirintabletten ich auch schluckte. Und vom Aspirin bekam ich wiederum Magenprobleme. Ein kleines Löchlein im Backenzahn, und alles Glück ist wie weggeweht.

Ich besaß Karten für die »Fünfte« von Beethoven, meinem Lieblingskomponisten, gespielt vom Amsterdamer Concertgebouw-Orchester. Wenige Stunden zuvor hatte ich an einem Stand eine Portion Muscheln gegessen. Eine davon musste schlecht gewesen sein.

Kurz nach den ersten Takten wurde mir kotzübel. Ich sehnte mich nach dem Ende eines überwältigenden Konzerts. *Eine* verdorbene Muschel!

Herr Jojo und ich legten ein herrliches Puzzle von der »Nachtwache«, dreitausend Teile. Es lief wie geschmiert, wir waren rundum zufrieden. Bis sich am Ende herausstellte, dass ein Teilchen fehlte. Ein kleines Teilchen!

Stell dich nicht so an, Hendrik Groen, ermahnte ich mich immer wieder. Es ist nur ein Puzzle. Trotzdem war mir der ganze Tag vergällt.

Manchmal liegt das Glück ganz nahe, und trotzdem bekommt man es nicht zu fassen.

Freitag, 1. Mai

Die Fäden des Alltags werden hier von Frau Schuttevaar gezogen. Wir kommen gut miteinander aus. Sie hält, ebenso wie ich, nichts von Regeln und weiß diesen geschickt auszuweichen. »Flexibel interpretieren«, nennt sie das.

Der Heimleiter ist mit allem einverstanden, solange er nicht belästigt wird. Ihn sehen wir kaum; ich habe sogar vergessen, wie er heißt.

»Damit ich das große Ganze im Blick behalten kann«, erklärte er irgendwann, um seinen Mangel an Interesse zu rechtfertigen.

»Wer's glaubt, wird selig«, wie meine Frau zu sagen pflegte.

Frau Schuttevaar macht jede Woche bei den Bewohnern ihre Runde, die keine Todesangst vor Besuch haben, um sich nach deren Befinden und Wünschen zu erkundigen und ein wenig zu plaudern. Sie trägt dabei immer brav Mundschutz und Handschuhe.

Gestern klopfte sie bei mir, und ich bat sie herein.

»Hier dürfen Sie den Mundschutz ruhig abnehmen, ich kann mir vorstellen, dass es ein wenig stickig ist in all den Zimmern, in denen das Thermostat auf vierundzwanzig Grad eingestellt ist.«

»Ja, gern. Dann halte ich einfach einen halben Meter mehr Abstand.«

Ihr Blick fiel auf die Pinnwand mit den bunten Erinnerungsnotizen. Die allerdings nicht mehr nur an dieser Wand hängen. Auch am Kühlschrank (HALTBARKEITSDATUM ÜBERPRÜFEN), am Küchenbüfett (BLUMEN GIESSEN, DIENSTAG UND FREITAG) und an der Tür (SCHLÜSSEL DABEI?) hängen Zettel.

»Sie geben sich alles schriftlich, wie ich sehe?«, bemerkte sie lächelnd.

»So ist es, ohne Zettel bin ich rettungslos verloren.«

»Haben Sie den Eindruck, dass es schlechter wird?«, erkundigte sie sich nun ernst.

Ich berichtete ihr, dass ich dement werde und dass mir das Leben langsam entgleitet.

»Ich fürchte, die geschlossene Station ruft mittlerweile nach mir.«

»Das tut mir sehr leid für Sie, Herr Groen, Sie sind so ein … netter und kluger Mann. Ich mag Sie sehr gern.«

»Danke. Ich mag Sie auch. Aus denselben Gründen.«

Wir schwiegen eine Weile, doch es war nicht peinlich.

»Mein Verstand lässt mich immer mehr im Stich. Ich hoffe, dass ich trotzdem umgänglich bleibe, kann es aber nicht versprechen«, unterbrach ich das Schweigen.

»Ich werde Sie so in Erinnerung behalten, wie Sie jetzt sind«, versicherte sie mir.

»Wissen Sie, ich bin bei einer Freundin, in einem anderen Heim, bestimmt schon zwanzig Mal auf der geschlossenen Station gewesen, aber hier noch nie.«

»Sollen wir uns dort mal gemeinsam umschauen? Sobald die Coronagemüter wieder etwas besänftigt sind. Es werden Stimmen laut, dass wieder Besucher zugelassen werden sollten. Zu Recht. Für einige Senioren ist es unerträglich, dass niemand vorbeikommt.«

Ich habe ihr Angebot angenommen. Demnächst gehen wir uns umschauen.

Ich hoffe, dass es dort weniger deprimierend ist als auf der geschlossenen Station von Grietje.

»Was mutest du dir zu, Hendrik?«, fragte Leonie, als ich davon erzählte.

»Das weiß ich noch nicht, Leonie.«

Samstag, 2. Mai

Das Secret-Friend-Spiel ist ein voller Erfolg. Viele einsame Stunden werden damit auf angenehme Weise gefüllt. Einige Bewohner haben ihren Lieblingsstuhl um hundertachtzig Grad gedreht und schauen nun statt aus dem Fenster auf den unteren Türspalt, ob nicht bald ein Umschlag hindurchgeschoben wird.

Ziemlich schnell haben einige Mitspieler damit angefangen, neben Briefen auch Geschenke zu verschicken. Nachdem eine Frau überglücklich verkündete, einen mit einem Schleifchen versehenen gefüllten Kuchen vor der Tür gefunden zu haben, setzte eine Flut von Päckchen ein. Viel Essbares, aber auch Bücher, Puzzles, Pflanzen, Handgemachtes, ein Schal, ein Teelöffel und vieles mehr. Einer versucht, den anderen zu übertreffen.

Tagtäglich kommen zig WhatsApp-Nachrichten hinzu. Eine kleine Blütenlese:

Herzlichen Dank für den Apfel. Er war sehr lecker.
Es ist sicher gut gemeint, aber ich mag keinen Hering.
Ich habe in meinem ganzen Leben noch nie so viel Post bekommen.
Der Schal hat nicht ganz meine Farbe. Können Sie mir vielleicht den Kassenbon schicken?
Danke für das schöne Buch. Es ist schön dick.
Ich bekomme das Holzpuzzle nicht zusammen. Ein Teil fehlt. Vielleicht liegt es noch irgendwo?
Danke für den 50-Euro-Schein. Ich werde mir etwas Schönes davon kaufen, wenn ich wieder aus dem Zimmer darf.

Die letzte Nachricht sorgte für viel Neid.

Hätte ich nur diesen Secret Friend!!!

Bis am nächsten Tag vermeldet wurde:

Haha, ich hab gar keinen 50-Euro-Schein bekommen. Das war nur ein Witz, um alle neidisch zu machen.

Es haben sich einige Bewohner bei Lidy gemeldet, denen es leidtat, dass sie sich nicht für das Spiel angemeldet haben. Ob sie vielleicht doch noch mitspielen könnten? Nein, leider nicht, aber Lidy war eine gute Seele und versprach, den Reumütigen eine zweite Chance zu geben und Ende der Woche eine zweite Gruppe zu bilden, falls es genügend Anmeldungen gebe. Es meldeten sich zwölf weitere Teilnehmer an, plus zehn Personen, die bereits mitspielten, aber gern zwei Secret Friends haben wollten und sich deshalb ebenfalls für die neue Gruppe einschrieben. Lidy hatte noch nie so viel Stress wie mit der Organisation und dem Austragen der Briefe und Päckchen.

Ich habe Frau Sliedrecht ein Strickbuch geschickt, das ich von Leonie bekommen habe. Im Gegenzug habe ich Leonie ein frisch gebügeltes Herrentaschentuch gegeben, das sie wiederum ihrem Brieffreund schicken wollte.

»Es ist also für einen Mann, der momentan noch eine Rotznase hat, bald aber nicht mehr. Ich glaube, Herr De Zeeuw.«

Nein, der sei es bestimmt nicht, verneinte sie entschieden. Aber mir schien doch, dass sie ein wenig errötete.

Überall wird wild spekuliert, ausgehorcht und spioniert.

Und so ist tatsächlich einiges los in unserem ansonsten so dahinplätschernden Dasein.

Sonntag, 3. Mai

Während ich langsam in der Vergangenheit versinke, gehe ich gleichzeitig mit der Zeit: Zusätzlich zum Skypen und dem WhatsApp-Schreiben hat mir Frida jetzt beigebracht, wie man online Schach spielt.

Ich muss sie inzwischen allerdings hin und wieder fragen, was ein Springer noch mal machen darf, und bei besonders dummen Zügen gibt mir Frida eine zweite Chance, andererseits komme ich mit meinem recht unorthodoxen Schachspiel mitunter ganz schön gefährlich um die Ecke.

»Den habe ich nicht kommen sehen, Opa«, meinte sie neulich verdutzt, als ich ihr plötzlich die Dame nehmen und ein Remis bewerkstelligen konnte.

Ich habe eigentlich all die Jahre nur mit Evert Schach gespielt. Bei ihm wusste ich meist schon im Voraus, was er setzen würde.

Manchmal, bei schönem Wetter, gingen wir auf einen Spielplatz, auf dem es ein großes Schachfeld mit mannsgroßen Figuren gab. Dort habe ich mal verloren, weil Evert mich auf ein Rotkehlchen hinter mir aufmerksam gemacht hatte und er, noch während ich mich umsah, heimlich seinen Turm ein Feld vorrückte, um mich danach in zwei Zügen schachmatt zu setzen.

Ich kapierte es nicht. Wie hatte ich das nur übersehen können?

»Brillant, brillant, ich muss schon sagen«, tönte Evert mit breitem Grinsen.

Auf dem Heimweg zeigte er auf einen Baum. »Schau, Hendrik, noch ein Rotkehlchen. Bei Rotkehlchen immer gut aufpassen.«

»Wieso?«

»Sonst bist du in zwei Sätzen schachmatt.«

Da fiel der Groschen.

»Du dreckiger Falschspieler.«

Ich komme mit meinen Handschriftenstudien nicht recht voran. Viele Mitbewohner sitzen in ihren Zimmern und lassen niemanden herein. Es gibt nur wenige, die ganz normal in den Gemeinschaftsraum kommen. Dazu gehört Frau Alberts. Als ich ihr mit meiner Geschichte kam, dass ich mich als alter Lehrer sehr für Handschriften interessieren würde, und sie bat, etwas auf meinen Block zu schreiben, hat sie mich sofort durchschaut.

»Sicher nicht, Herr Groen. Sie wollen nur sehen, ob ich Ihr Secret Friend bin.« Und sie brüllte durch den Saal: »Herrn Groen ja nichts Handschriftliches geben!«

Ich bin ein schlechter Sherlock Holmes.

Frau Sliedrecht ist sehr glücklich über ihr Strickbuch, schrieb sie in die WhatsApp-Gruppe.

»Du hast also Frau Sliedrecht«, triumphierte Leonie.

»Du wärst sowieso dahintergekommen, sobald du das nächste Mal mein Tagebuch gelesen hättest«, gab ich schulterzuckend zurück.

Montag, 4. Mai

Jemand hat vorgeschlagen, dass Musiker von zu Hause aus um acht Uhr abends den Zapfenstreich blasen, um zwei Minuten Stille anzukündigen. Mein Nachbar scheint eine alte Trompete zu haben und übt nun seit zwei Tagen. Er spielt miserabel. Es klingt wie ein sterbender Seehund.

Ich habe wieder mit Frida geskypt. Unglaublich, manchmal weiß ich nicht einmal mehr meinen Nachnamen, entdecke aber völlig neue Welten.

Es klappt nur, weil Frida so beharrlich ist. Sie will partout, dass ich es lerne. Manchmal verliert sie für einen Moment die Geduld.

»Shit, Opa, schau genau hin, bevor du ein Knöpfchen drückst. Ich hab gesagt das Viereck, nicht das Kreuz. Sonst ist alles weg.«

Sie hat noch kurz über den Computer Fräulein Jansen zugebellt. Der hat überhaupt nichts kapiert.

Sie hat mit mir geskypt, um mir zu berichten, wie froh sie ist, weil sie nächste Woche endlich wieder zur Schule darf. Sie vermisst ihre Schulfreundinnen sehr und, so vertraute sie mir leise an, sogar den Lehrer. Das tat mir als Ex-Schulleiter gut.

Dann fügte sie hinzu: »Opa, ich muss heut' um zehn ins Krankenhaus.«

Ich erschrak fürchterlich.

»Heute, um zehn?«

»Nein, Opa, nicht ›um zehn‹, sondern ›mit mein' Zeh'n‹. Die sind schief. Sie sollen begradigt werden, wenn Corona wieder ein bisschen vorbei ist.«

Jetzt werde ich auch noch taub.

»Ich wollte schon einen Hörtest machen, aber ich hab wegen Corona keinen Termin bekommen«, erklärte ich Leonie.

»Mein lieber Schatz, vielleicht solltest du dir einen Zettel an den Kühlschrank hängen, dass das gerade nicht geht, du warst nämlich vor drei Tagen auch schon mal dort.«

»Ja, aber …«

Ich wollte mir noch die ein oder andere Ausrede ausdenken, aber die neblige, graue Masse in meinem Kopf gab nichts Sinnvolles her.

»Macht doch nichts, Hendrik. Wenn du viel vergisst, hast du auch viel zu tun«, tröstete mich Leonie, »und wenn du viel zu tun hast, langweilst du dich nicht.«

Dienstag, 5. Mai

Herr Jojo hat gestern eine Aktion unter den Bewohnern gestartet. Er hat unter sämtlichen Türen einen Brief mit folgendem Text durchgeschoben:

Liebe Mitbewohner,
morgen ist der 5. Mai, Befreiungstag. Vielleicht können Sie sich morgen einen Tag lang von der Corona-Angst befreien und zum gemütlichen Kaffeetrinken und Plaudern kommen. Am besten nicht allzu viel über Corona.
Wir stellen die Stühle einfach anderthalb Meter voneinander entfernt in großen Runden um die Tische.
Zur Beruhigung: Ich habe anhand der landesweiten Sterberate ausgerechnet, dass das Risiko eines jeden älteren Niederländers, morgen an dem Virus zu versterben, bei etwa 1 zu 150 000 liegt.

Endlich mal wieder gesellig mit allen zusammenzusitzen ist doch vielleicht ein kleines Wagnis wert, oder nicht?
Falls Sie keine Lust haben oder sich nicht trauen, nehme ich Ihnen das nicht übel. Dann wünsche ich Ihnen einen schönen Befreiungstag in Ihrem Zimmer.
Mit freundlichen Grüßen, W. J. Handjojo

Heute Vormittag sind vierundzwanzig Personen zum Kaffeetrinken erschienen. Viermal so viele wie in den Wochen davor.

Es war gesellig, und es herrschte eine Atmosphäre der Befreiung und Erleichterung.

Herr Jojo hatte beim örtlichen Konditor herrliche Petit Fours bestellt. Es gab drei Mitbewohner, die sich solch ein kleines Gebäck holten, um damit sogleich wieder in ihren Zimmern zu verschwinden. Jojo machte kein Aufheben davon. Ich hingegen hätte ihnen die Törtchen am liebsten in die Haare geschmiert.

Der König wurde überall für seine Ansprache vom 4. Mai gelobt.

»Er lernt dazu«, meinte Frau Sliedrecht, »langsam, aber sicher gleicht er mehr einem Menschen als einer sprechenden Holzpuppe. Jetzt noch ein bisschen weniger Gelaber, und er ist ein Spitzenkönig.«

Den ausgestorbenen Damm fand ich ziemlich übertrieben. Wenn siebzig Menschen auf einmal in den Baumarkt dürfen, hätten dann nicht auch ein paar Hundert in vorgeschriebenem Abstand auf dem Damm stehen können? Schlicht um zu zeigen, dass wir uns nicht einfach so die Freiheit nehmen lassen. Stattdessen ein menschenleerer Platz, um zu zeigen, dass wir uns brav an die Regeln halten. Der König muss natürlich mit gutem Beispiel vorangehen.

Einen Tag lang König sein, das wäre etwas für mich. Dann hätte Premier Rutte am nächsten Tag alle Hände voll zu tun, alles wieder geradezubiegen.

Mittwoch, 6. Mai

Ich werde noch komplett irre mit der Brioche.

Heute Vormittag wollte sie unbedingt genau an dem Tisch sitzen, auf dem die »Nachtwache« lag, obwohl noch einige andere Tische frei waren.

»Frau Brioche, würden Sie sich bitte an einen anderen Tisch setzen, dann brauchen wir das Puzzle nicht umzuziehen«, fragte Herr Jojo freundlich.

»Nee, da ist es so zugig«, gab sie zurück.

»Ist das der einzige Tisch, an dem es nicht zieht?«

»Hier sitze ich, und hier bleibe ich sitzen.«

Herr Jojo blickte sie einen Moment durchdringend an, nickte dann und hob vorsichtig die Platte mit dem Puzzle hoch, um sie zwei Tische weiter wieder abzusetzen.

Ich habe, von den Geschenken der Secret Friends inspiriert, hundert Rosen an Leonie schicken lassen. Und zwei große Zimmerpflanzen.

»Oh, Hendrik, wie schön! Womit habe ich das denn verdient, Schatz?«

»Bevor ich komplett neben der Spur bin, möchte ich dir danken, weil du dich so gut um mich kümmerst.«

»Aber das tue ich doch gern, Hendrik.«

»Und ich schenke dir gern diese Blumen und Pflanzen, liebe Vertrauensperson und Co-Autorin. Die Rosen sind für jetzt und die Pflanzen dafür, dass du hin und wieder an mich denkst, wenn ich tot bin oder irgendwo ordentlich weggesperrt.«

Sie errötete. Dann machten wir uns auf die Suche nach Vasen. Hundert waren vielleicht doch etwas viel.

Herr Jojo hat heute Nachmittag aus Versehen ein Glas Fanta verschüttet. Ausgerechnet auf das Kleid von Frau Brioche.

»Nehmen Sie mir das bitte nicht übel. Wie kann ich nur so ungeschickt sein?«

Frau Brioche sah ihn wütend an.

»Was für ein Glück, dass das Puzzle hier nicht mehr liegt«, schob Jojo noch nach.

Donnerstag, 7. Mai

Rutte hat gesprochen!

Es darf wieder tröpfchenweise Besuch kommen. Leider nur aus der Familie, mit Frida müssen wir uns also immer noch illegal an der Straßenecke treffen.

Weiter darf ab nächster Woche wieder Tennis oder Golf gespielt werden, aber das bringt uns hier nicht so viel.

Was uns allerdings etwas bringt: Die Terrassencafés öffnen ab 1. Juni wieder! Endlich wieder gemütlich mit Leonie in der Strandbar sitzen und aufs Meer schauen. Erst Kaffee und Kuchen, danach ein Glas Wein mit Kroketten. Und dann mit rosigen Wangen nach Hause. Pures Glück!

Ich werde Herrn Jojo einladen mitzugehen.

Der 1. Juni ist ein Montag. Da haben die meisten Bars normalerweise geschlossen, aber ich nehme an, diesen Montag nicht.

Wie auch immer, ich werde da auf einer Terrasse sitzen, und wenn es in Strömen regnet.

Morgen muss ich mal mit Leonie über eine Verabredung zum Abendessen mit Alanito sprechen. Ich habe mir einen gelben Zettel auf das Frühstücksbrettchen geklebt. Nicht weit von hier ist der Strandpavillon, in dem unser Club einst einen Malkurs besucht hat. Kurz danach hat Eefje mir gesagt, dass sie mich nett findet. Es waren die schönsten Wochen des letzten halben Jahrhunderts meines Lebens. Das klingt ziemlich lang. Das halbe Jahrhundert, meine ich. Die verliebten Wochen mit Eefje waren endlos kurz. Sie bekam dann einen Schlaganfall.

Die Friseure öffnen ebenfalls wieder. Die Nasen- und Ohrenhaare sowie die Augenbrauen müssen dringend gekürzt werden. Alles am Körper hinkt hinterher, nur die Behaarung an den Stellen, wo man sie nicht haben will, gedeiht prächtig.

Samstag, 9. Mai

Lieber Herr Groen ich hoffe das sie Blumen mögen. Ich schon. Drum habe ich ein Tütchen Samen von Sonnenblumen für sie gekauft und ich hoffe das sie sehr hoch werden. Hochachtungsvoll X

Das war nett. Allerdings musste ich mir jetzt einen großen Blumentopf und einen Sack Gartenerde kaufen, denn sonst würde ich die Samen nirgends einpflanzen können.

Ich hege die Vermutung, dass Frau Staverman möglicherweise meine heimliche Freundin ist. Sie schaut auffallend oft zu mir herüber und fragte mich kürzlich, ob ich Hobbys hätte.

Frau Sliedrecht ist davon überzeugt, dass sie eine Freundin und keinen Freund hat, denn »ein Mann würde natürlich niemals ein Strickbuch verschenken«. Das schrieb sie in die WhatsApp-Gruppe.

Um sie etwas in die Irre zu führen, habe ich ihr gestern eine Karte mit einem Rennwagen zukommen lassen.

Herr Van Dorp, der mit seiner Frau hier wohnt, bekam den *Playboy* zugestellt. Er meldete in die WhatsApp-Gruppe: »Ich finde meine Frau viel schöner als diese Damen mit ihrem Riesenvorbau aus Plastik.«

Ich vermute, seine Frau hat beim Senden dieser Nachricht mit der Pistole hinter ihm gestanden.

Einen Tag darauf schrieb Van Dorp, er hätte den *Playboy* im Speisesaal auf den Lesetisch gelegt, kurz darauf sei er aber verschwunden. Ob derjenige, der sich die Zeitschrift ausgeliehen hätte, sie bitte wieder zurücklegen könnte?

Vermutlich ist es in der Causa *Playboy* nicht ganz mit rechten Dingen zugegangen. Mitunter werden zusätzliche Karten und Geschenke von falschen Secret Friends verschickt. Ein Fall kam ans Licht, als sich Frau Wagenaar in der WhatsApp-Gruppe bei ihrem Secret Friend für einen Schokoriegel bedankte und Frau Alberts erstaunt antwortete, dass sie ihr überhaupt keinen Schokoriegel geschickt hätte.

»Dann ist der Riegel wohl von einem Verehrer«, vermutete die Wagenaar.

»Das müsste dann aber ein blinder Verehrer sein«, schrieb ich. Nicht wirklich, natürlich, aber ich hätte gern etwas Unfrieden gestiftet. Die Wagenaar ist kugelrund und glaubt, dass so ziemlich jeder Mann »es gern ein wenig fülliger mag«, wie sie es auszudrücken pflegt.

Sonntag, 10. Mai

»Das Gehirn eines Demenzkranken versetzt diesen um etwa fünfzig Jahre zurück in dessen Vergangenheit. Wir werden uns also in die Zeit um 1970 bewegen.«

So die Worte unserer Stationsleiterin, Frau Schuttevaar.

»Erzählen Sie, was haben Sie damals gemacht, Herr Groen?«

Ich berichtete ihr, dass ich Rektor einer Grundschule gewesen und mit Rosa verheiratet war und dass wir mit dem Verlust unserer Tochter Aafke zu kämpfen hatten.

»Ihre Tochter ist gestorben?«, fragte sie.

»Sie ist mit vier Jahren mit dem Fahrrad in den Wassergraben gefahren und ertrunken. Meine Frau und ich dachten jeweils, dass der andere auf sie aufpasste. Ein Nachbar hat das Fahrrad im Graben entdeckt. Ich habe ihn schon Tausende Male gesehen, wie er mit meinem toten Mädchen in den Armen zu uns gelaufen ist.«

»Wie schrecklich. Ein niemals endender Schmerz.«

»Ja. Ein niemals endender Schmerz. Und niemals endende Selbstvorwürfe.«

Es war kurz still.

Dann sagte ich, ich hoffte, als Demenzkranker weiter als fünfzig Jahre zurück in meine Vergangenheit zu tauchen, nämlich in die Zeit, in der mein Töchterchen noch lebte.

Die Schwester nickte. »Das hoffe ich auch für Sie.«

Da Besuche in Pflegeheimen mittlerweile wieder in begrenztem Maße möglich sind, war Frau Schuttevaar zu mir gekommen, um einen Termin für eine Visite auf der geschlossenen Station zu vereinbaren.

Nächste Woche Montag ist es so weit.

Heute ist Muttertag.

»Du sollst deinen Vater und deine Mutter ehren, auf dass du lange lebest in dem Land, das dir der Herr, dein Gott, geben wird.« (2. Mose 20, 12)

Ich wurde früher in der Grundschule selbst mit der Bibel gedrillt. Als Kind gefiel mir der Gedanke, dass das Liebsein zu Vater und Mutter auch noch eine Belohnung einbrachte. Das Land des Herrn stellte ich mir wie einen riesigen Spielplatz vor, und dort wollte ich durchaus länger verweilen.

Meine Mutter war eine liebe, nette Frau und eine wunderbare Oma. Nach Aafkes Tod hatte sie nie mehr gelacht. Höchstens ein klein wenig gelächelt. Meine Frau ist in einer Anstalt gelandet. Das habe ich der Schwester auch noch alles berichtet.

Montag, 11. Mai

Gestern war schönstes Strandwetter, das soll heißen: Sonne, Wind und ein typisch holländischer Himmel.

Leonie und ich hatten uns mit Frida an der Straßenecke verabredet. Sie kam diesmal nicht allein, sondern brachte eine Freundin mit.

»Hallo, lieber Opa, das ist Irene, sie wollte dich gern kennenlernen.«

»Guten Tag, Herr Groen«, sagte Irene, »Frida erzählt immer so tolle Geschichten über Sie.«

»Da werde ich ja direkt rot vor lauter Stolz«, antwortete ich. »Was für Geschichten sind das denn?«

»Dass Sie mal im Bademantel zu Albert Heijn gegangen sind«, gab Irene munter zurück.

Ich hörte Leonie neben mir kichern. »Na, das ist aber wirklich etwas, auf das man stolz sein kann, Hendrik.«

Ich musste selbst lachen.

»Du sollst nicht alle meine Dummheiten ausplaudern, Frida.«

»Ich hab aber auch ein paar für mich behalten«, rechtfertigte sich Frida. »Zum Beispiel, als du mir eine Pizza in den Ofen geschoben hast, vorher aber vergessen hattest, sie auszupacken.«

»Aber das ist mir damals selbst aufgefallen«, verteidigte ich mich lachend, »ich hab doch dann gerufen: Aus dem Ofen kommen Rauchzeichen. Da müssen Indianer sein. Ein Glück, dass ich die Batterien aus dem Rauchmelder genommen hatte, sonst wäre uns die Feuerwehr aufs Dach gestiegen.«

Ich merkte, wie mich Leonie ein wenig prüfend von der Seite ansah.

Eigentlich bin ich mir gar nicht sicher, ob ich das wirklich so gemacht habe.

Ich habe Frau Brioche erzählt, dass seit Kurzem auch rumänische Taschendiebe eine Beihilfe für Selbstständige aus dem speziellen Coronafonds des Staats beantragen können. Aufgrund des vorgeschriebenen Abstands von anderthalb Metern könnten sie ihren Beruf nicht mehr ausüben.

Frau Brioche fand, das sei ein Riesenskandal, und erzählte es gleich jedem weiter, der es hören wollte.

Ich hatte mir absichtlich sie für meine erste echte Fake News ausgesucht, weil ich wusste, dass sie die größte Klatschtante unseres Seniorenheims ist.

Eine halbe Stunde später kam Frau Zwaan extra kurz an meinen Tisch, um mir zu berichten, dass Mitglieder bulgarischer Räuberbanden so lange staatliche Unterstützung bekämen, bis Raubüberfälle wieder möglich wären. Sie war sehr empört.

»Ist nicht wahr! Unglaublich. Wo soll das noch hinführen?«, entgegnete ich kopfschüttelnd.

»Na, na, na«, ermahnte mich mein Freund Jojo, der alles mitverfolgt hatte, »die Pferde gehen wieder mit Ihnen durch, Herr Groen.«

»Einen Scherz muss man doch machen dürfen, Herr Jojo.«

Mittwoch, 13. Mai

Wenn ich es richtig verstanden habe, dürfen wieder Besucher kommen, allerdings nicht mehr als eine Person gleichzeitig. Sie müssen sich zuerst beim Portier anmelden. Darauf kommt zunächst eine Schwester, um Fieber zu messen, anschließend muss der Besucher einen komplizierten Parcours durchlaufen, vorbei an Pfeilen und Absperrungen, um schließlich in einen abgeschirmten Bereich des Speisesaals zu gelangen. Dort stehen Behälter mit Desinfektionsmittel bereit, und die Besucher müssen einen Mundschutz anlegen. Sie dürfen nicht am selben Tisch sitzen wie die Person, die sie besuchen, und sie bekommen keinen Tee oder Kaffee.

Herr Tromp hat mir anvertraut, dass er sich überhaupt nicht darüber freut, dass wieder Besuche erlaubt sind. Er hegt eine tiefe Abneigung gegen seine überfürsorgliche Schwiegertochter.

»Und die kommt jetzt wieder dreimal pro Woche, um mit viel Tamtam die ach so besorgte Betreuerin raushängen zu lassen. Dies darf ich nicht, jenes darf ich nicht. Das gehört sich so und das anders. Das macht mich verrückt.«

»Vielleicht sollten Sie ihr das mal sagen?«, schlug ich vor.

Das erschien Tromp eher schwierig. »Ich halte den Mund wegen meines Sohnes. Der hat es mit ihr so schon schwer genug.«

Ich lasse Frida vorläufig noch nicht zu Besuch kommen. Das sogenannte neue Normal will ich ihr ersparen. Dann spielen wir eben noch eine Weile online Schach. Und verabreden uns für den Strand.

Wir haben seit Wochen prächtigstes Wetter. Allein vom Spazierengehen habe ich schon eine schöne Bräune im Gesicht. Herrlich. Ich genieße jeden Tag.

Donnerstag, 14. Mai

Ich mache solche blöden Sachen.

Wir haben altmodisch ekligen Blumenkohl mit weißer Pampe gegessen, wie meine Mutter ihn vor achtzig Jahren schon zubereitet hat. Der Koch hier denkt, dass er den »alten Leutchen« damit einen Gefallen tut. Und ehrlich gesagt ist das bei einigen Bewohnern auch so. Aber nicht bei mir. In mir kommen schlimmste Erinnerungen an die Kochkunst meiner Mutter hoch. Das Gemüse ständig total zerkocht, viel zu salzige Kartoffeln, etwas Soße drauf und dann alles vermanscht. Und alle drei Tage ein durchwachsenes Stück Schmorfleisch für die ganze Familie.

Ich fiel zurück in diese Zeit und saß wieder bei Vater und Mutter am Esstisch.

»Ich mag das nicht.«

Ich schob den Teller weg.

Etwas zu weit, denn er fiel mit lautem Geschepper zu Boden.

»Was machst du denn, Hendrik?«

Ich starrte in die aufgerissenen Augen von Leonie, die mir gegenübersaß.

»Ich … ich weiß es nicht. Ich war mit den Gedanken woanders. Ich war zu Hause.«

Ich sah mich um. Es gibt inzwischen wieder einige Senioren, die sich trauen, unten zu essen, und die blickten sämtlich in meine Richtung.

»Was machen Sie denn da? Was machen Sie denn da?«, erscholl es von drei Seiten.

Ich habe meinen Stolz heruntergeschluckt und gesagt, dass ich einen Blackout hatte. Gemeinsam mit einer herbeigeeilten Schwester und Leonie habe ich auf Knien die Scherben und die Essensreste beseitigt.

Als ich kurz darauf wieder in meinem Sessel saß, war Evert neben mir.

»Du bist gut dabei, Henkie. Ein wenig Leben in der Bude schadet nicht. So hältst du sie ein bisschen wach.«

Freitag, 15. Mai

Ich spazierte nichts ahnend mit Fräulein Jansen zum Strand. Dabei komme ich immer an einem kleinen Teich vorbei. Auf der Wiese, ganz nah am Wasser, spielten zwei kleine Kinder. Ein Vater oder eine Mutter waren nicht zu sehen.

Alles Blut wich aus meinem Gesicht.

»Geht sofort von der Wiese und hinter den Zaun!«, rief ich. Ich glaube, meine Stimme klang ein wenig barsch. Die Kinder, um die vier oder fünf Jahre alt, erschraken jedenfalls gehörig. Eines der beiden fing an zu weinen.

Ich wollte auf sie zugehen und sie trösten, aber hinter mir erscholl eine schrille Stimme: »Was haben Sie mit meinen Kindern zu schaffen?«

»Ich habe sie nur gebeten, hinter dem Zaun weiterzuspielen.«

»Kümmern Sie sich um Ihren eigenen Mist und nicht um anderer Leute Kinder.«

Da zersprang etwas in mir.

»Hören Sie, MEINE Tochter ist ertrunken. Mit dem Fahrrad in den Graben gefahren. Das Allerliebste meines Lebens. Ein weinender Nachbar trug meine klatschnasse Aafke in den Armen. Ich dachte, dass meine Frau auf sie aufpasste. Meine Frau dachte, dass sie bei mir wäre. Und jetzt sehe ich Ihre Kinder hier auf der Wiese direkt am Wasser … und …«

Ich weinte.

Die Frau murmelte etwas von »tut mir leid« und rief die Kinder vom Wasser weg.

Fräulein Jansen sprang behutsam an mir hoch und leckte mir die Hand.

Montag, 18. Mai

Heute war ein besonderer Vormittag. Ich habe mit Schwester Schuttevaar das Pflegeheim besucht. Es ist in einem eigenen Gebäude etwa hundert Meter entfernt von unserem untergebracht, in derselben Straße. Auf diese Weise könnten die gemeinschaftlichen Einrichtungen von beiden Häusern genutzt werden, wird einmal der Gedanke dahinter gewesen sein. Diese Einrichtungen sind nur leider inzwischen größtenteils dem Sparzwang erlegen.

Die Schwester hatte mich abgeholt, und so brachen wir gemeinsam auf.

Ich ging für meine Verhältnisse ziemlich flott. Ich hänge gern den dynamischen älteren Herrn in bester körperlicher Verfassung heraus, auch wenn ich schon neunzig bin.

Die Schwester sah mich ein paarmal von der Seite an.

»Ich möchte Ihnen nicht zu nahe treten, aber wäre es nicht besser, Sie würden Ihren Rollator mitnehmen?«

»Damit treten Sie mir in der Tat zu nahe, Schwester.«

»Na, dann will ich nichts gesagt haben. Reichen Sie mir einfach Ihren Arm.«

»Erlauben das die Coronaregeln überhaupt?«

»Ich wurde gestern getestet. Gesund wie ein Fisch im Wasser. Ich tue einfach so, als wäre ich Ihre Tochter, wenn die Ordnungshüter kommen.«

Ich hakte mich unter. »Sie sind ein Schatz«, sagte ich, »es wäre mir eine Ehre, sollte ich mich bei Ihnen mit Corona anstecken.«

Sie lachte.

Im Pflegeheim gab es, ehrlich gesagt, nichts zu beanstanden. Es roch nicht. Nun ja, höchstens ein bisschen nach alten Menschen. Es war sauber und aufgeräumt. Fröhliche Einrichtung, Blumen auf dem Tisch. Es lief Musik, irgendwas aus den Sechzigerjahren, und einige Bewohner spielten Brettspiele. Zwei alte Damen spielten sogar Jakkolo. Ab und zu flog eine Holzscheibe durch den Raum. Dann wurde gelacht.

Es war natürlich nicht alles eitel Sonnenschein. Es gab auch ein paar Personen, die ausdruckslos vor sich hin starrten. Ein altes Männchen trottete ohne Unterlass vom Tisch zur Tür und wieder zurück.

»Meine Schlüssel, haben Sie meine Schlüssel gesehen?«, fragte er, an niemanden Speziellen gerichtet.

Eine elegante alte Dame sang alle paar Minuten dieselben paar Zeilen aus »Heißer Sand« von Anneke Grönloh:

Schwarzer Tino, deine Nina
war dem Rocco schon im Wort.
Weil den Rocco sie nun fanden,
Schwarzer Tino, musst du fort.

»Mensch, halt endlich den Mund!«, schrie ihre Nachbarin.

»Ich heiße nicht Mensch, ich heiße Nina.« Dann reichte sie der anderen die Hand.

Schwester Schuttevaar erkundigte sich nach meinem Eindruck. Ich erklärte, dass es auf mich konfrontierend und beruhigend zugleich wirkte.

Ich will fröhlich dement werden, und falls das nicht möglich ist, will ich, dass mich jemand von meinem Leiden erlöst. Ich weiß, dass es zu Letzterem nicht kommen wird. Wenn ich selbst keine Entscheidungen mehr treffen kann, kann ein anderer das auch nicht mehr für mich tun. Ich habe momentan noch viel Freude am Leben, am

Zusammensein mit den Menschen, die ich liebe, also riskiere ich es: Ich gehe mal von einem Happy End aus.

»Man kann es natürlich nicht wissen, aber ich traue mich durchaus, eine Flasche Wein darauf zu setzen, dass Sie ein happy Dementer sein werden.«

»Dann gebe ich Ihnen zur Sicherheit schon mal die Flasche Wein, Schwester, für den Fall, dass ich verliere, und Sie geben mir zur Sicherheit eine Flasche Wein für den Fall, dass Sie verlieren. Die können wir dann demnächst gemeinsam trinken«, schlug ich vor.

Das fand Frau Schuttevaar einen ausgezeichneten Plan.

Mittwoch, 20. Mai

Ich weiß nicht mehr, was passiert ist.

Ich kann mich noch daran erinnern, dass ich mit Fräulein Jansen rausgegangen bin. Der Portier sagte irgendetwas von schönem Wetter, das weiß ich auch noch. Danach klafft eine Lücke in meinen Erinnerungen bis zu dem Zeitpunkt, als ich wieder im Seniorenheim war und sich der Portier erkundigte, wo denn mein Hund sei.

Ich hatte irgendwo unterwegs Fräulein Jansen verloren.

Ich war total durcheinander und wollte sofort wieder nach draußen gehen. Der Portier hielt mich freundlich davon ab und platzierte mich auf einen Stuhl.

»Hier sitzen bleiben, Herr Groen. Ich bin gleich wieder da.«

Kurz darauf kam er mit Leonie zurück.

»Weißt du noch, wohin du gegangen bist?«, fiel sie mit der Tür ins Haus.

Ich überlegte und überlegte und überlegte. Ein vages Bild stieg in mir hoch.

»Vielleicht zum Spielplatz?«

Wir gingen gemeinsam in Richtung Spielplatz, der sich wenige Minuten von unserem Heim entfernt befindet. Auf halbem Weg kam uns ein etwa zehnjähriger Junge entgegen, der von einem fröhlich schwanzwedelnden Fräulein Jansen vorwärtsgezerrt wurde.

»Oh, da bist du ja, du Racker.« Erleichtert atmete ich auf.

»Sie waren plötzlich weg«, sagte der Junge entschuldigend, »während wir noch mit dem Hund gespielt haben.«

»Sehr gut, dass ihr so lange auf ihn aufgepasst habt«, gab Leonie zurück.

Ich schenkte dem Knaben einen Zehner.

Er blickte erstaunt auf, rief dann aber schnell »danke sehr« und machte sich davon.

»Na dann, Hendrik, der wird dir beim nächsten Mal mit Freuden wieder den Hund zurückbringen. Der hat sich noch nie so einfach einen Zehner verdient.«

»War das zu viel? Doch nicht für Fräulein Jansen?«

»Alles gut, Hendrik. Ich bin froh, dass er wieder da ist. Nimm mich nächstes Mal, wenn du mit dem Hund gehst, wieder mit. Mich oder Frida.«

Den Rest des Tages war ich neben der Spur.

Evert redete mir noch mit gespielter Strenge ins Gewissen: »Verdammt, Henkie, ich habe dir den Hund gegeben, damit er ein bisschen auf dich aufpasst, aber wenn du ihn dauernd verlierst, kann er seinen Job nicht machen.«

Ich gelobte Besserung.

»Ach was, Hendrik, keine Sorge, der Hund ist viel cleverer als ein Mensch. Der findet immer wieder zu dir. Und jetzt erst mal ein schönes Glas Wein.«

Ich schenkte uns zwei Gläser ein, aber als ich mich umdrehte, war er verschwunden.

Ich fange an, mir alles Mögliche einzubilden.

Ich habe einfach beide Gläser ausgetrunken.

»So geht es mit dir dahin, du alter Witzbold.«

Donnerstag, 21. Mai

Ob ich kurz zum Heimleiter kommen könne. Mit bleischweren Füßen machte ich mich auf den Weg.

»Guten Morgen, Herr Groen.«

»Guten Morgen.«

Er bot mir in geziemendem Abstand einen Stuhl an.

»Mir ist zu Ohren gekommen, dass Sie gestern Ihren Hund verloren haben.«

»Nun ja, verloren, verloren … Er war kurz weggelaufen, und wenig später habe ich ihn wiedergefunden. Von wem haben Sie das übrigens?«

»Das tut jetzt nichts zur Sache. Ich habe allerdings eine andere Version der Geschichte gehört.«

»Oh.«

Nach kurzem Schweigen ergriff der Heimleiter wieder das Wort.

»Wenn Sie nicht mehr in der Lage sind, für Ihren Hund zu sorgen, müssen wir gemeinsam nach einer Lösung suchen.«

»Sollte diese Lösung darin bestehen, dass ich den

Hund weggebe, dann ist das für mich keine Lösung.« Ich fühlte Tränen der Wut und der Trauer in mir hochsteigen.

So schlimm sollte es dem Heimleiter zufolge nicht werden, aber ich müsse in jedem Fall Vorkehrungen treffen, um eine Wiederholung zu vermeiden. Ich glaube, dass er aufrichtig besorgt war und mit mir mitfühlte.

Eine Stunde später klopfte Frau Schuttevaar an meine Zimmertür. Der Heimleiter hatte sie gebeten, besonders gut auf mich zu achten, und so kam sie, um mich zu beruhigen.

»Keine Sorge, niemand nimmt Ihnen einfach so Fräulein Jansen weg.«

Ich fragte sie, ob sie wüsste, wer mich beim Heimleiter verraten hatte. Sie wusste es nicht.

Freitag, 22. Mai

Ich habe Leonie gefragt, wie es um mein Tagebuch steht.

»Ist es noch halbwegs lesbar, oder musst du viel verändern? Sei bitte ehrlich.«

Leonie überlegte kurz.

»Es hat sich verschlechtert, Hendrik. Ab und zu wird es ein bisschen unzusammenhängend. Es fehlen häufig Wörter, manchmal ganze Sätze. Zum Glück hast du mir das meiste schon mal erzählt. Manchmal auch schon öfter.« Sie lachte charmant. »So verstehe ich auch dann, was du meinst, wenn es etwas wirr geschrieben ist.«

Ich weiß, dass ich mich regelmäßig wiederhole. Herr Jojo ist sehr ehrlich, er sagt mir jeden Tag mehrmals, sehr freundlich und geduldig, dass ich etwas schon mal erzählt habe.

Leonie versicherte mir erneut, dass es ihr viel Freude bereite, mein Tagebuch zu korrigieren.

Ich hatte früher auch einiges zu korrigieren. Mitunter an die sechzig Hefte am Tag. Meistens Rechnen oder Sprachunterricht. Manchmal Erdkunde.

Ich machte bei manchen Schülern hin und wieder absichtlich einen kleinen Fehler beim Korrigieren. Dann kamen sie mit ihrem Heft zu mir, um mir zu zeigen, dass ich etwas falsch gemacht hatte, stolz wie Oskar, dass sie mich verbessern konnten. Sie bekamen dann einen Extrastempel.

Das Schreiben wird in der Tat schwieriger.

Manchmal finde ich die Buchstaben nicht mehr. Dann schweben meine Zeigefinger sekundenlang über der Tastatur, etwa auf der Suche nach dem V oder dem K. Und dann kann es manchmal vorkommen, dass ich, bevor ich den gesuchten Buchstaben gefunden habe, vergesse, welchen ich nun eigentlich gerade suchte. Das kostet mich unheimlich viel Zeit.

Ich habe die meisten Wörter noch im Kopf, aber ich vermag die dazugehörigen Luken nicht mehr zu öffnen. Ich weiß dann genau, dass es einen passenden Begriff für etwas gäbe, bekomme ihn aber einfach nicht zu fassen. Manchmal ploppt das gesuchte Wort dann Stunden später, ohne Vorwarnung, aus meinem Gedächtnis, direkt auf den Tisch.

Das haben viele Menschen, jedoch nicht so häufig wie ich.

Ich habe immer ein Notizheft dabei, um wiedergefundene Begriffe aufzuschreiben, bevor sie wieder verschwinden. Mit der Folge, dass ich mitunter in meiner

Handschrift geschriebene Wörter finde, von denen ich mich frage: Was wollte ich damit eigentlich noch mal?

Ich mache daraus eine Art Puzzle. Und freue mich immer, wenn ich eines dieser Wörter wieder irgendwo einsetzen kann. Auf diese Weise kann ich gut damit leben.

Samstag, 23. Mai

Gestern habe ich einen herrlichen Strandspaziergang gemacht. Es kann auch vorgestern gewesen sein. Ist ja auch egal.

Am Strand war einiges los, es war Christi Himmelfahrt. Jede Menge Coronapolizisten waren unterwegs, die darauf achteten, dass der Trubel nicht überhandnahm und sich die Menschen hier nicht allzu sehr stapelten.

Ich hatte ein wenig Mitleid mit ihnen, denn es war sommerlich warm, und ihre Uniformen waren bestimmt nicht sehr luftig. Und dann all die fröhlichen Menschen in Badesachen um sie herum, die einen Meter auseinanderrutschten, sobald sie eine Uniform erblickten, nur um wieder zurückzurutschen, sobald sie die Ordnungshüter in der Ferne verschwinden sahen.

Evert konnte Uniformen nicht ausstehen.

Wir wurden mal verhaftet, als wir für den Erhalt eines Kriegsmonuments in unserem Viertel kämpften. Die Gemeinde wollte es für irgendein beschissenes Bürogebäude versetzen lassen.

Als zwei Polizisten Evert an den Armen packten, um ihn wegzuziehen, ließ er einen krachenden Furz los.

»He, hörst du das, Hendrik, ich kann auf einmal Trompete spielen!«, rief er und ließ noch einen fahren, genau vor dem Beamten, der ihn festhielt.

»Pass auf, Wachtmeister, gleich blas ich dir die Mütze vom Kopf.«

Der Polizist drohte, ihn wegen Beamtenbeleidigung festzunehmen.

Das war unklug.

Wo er den herholte, weiß ich nicht, aber Evert ließ knatternd noch einen fahren und meinte: »Nehmen Sie mich ruhig fest, Herr Kommissar, dann spiele ich auf der Wache noch ein wenig weiter.«

Der Polizist hatte den Bogen überspannt. Evert bestand nun darauf, festgenommen zu werden, während sie ihn um nichts in der Welt auf die Wache mitnehmen wollten.

»Ich verlange, festgenommen zu werden!«, schrie er und streckte die Arme noch vorne, um sich Handschellen anlegen zu lassen.

Schließlich haben sich die beiden Polizisten mit eingezogenem Schwanz verzogen.

Das Denkmal steht immer noch da.

Himmel, Evert, was hab ich damals gelacht.

Montag, 25. Mai

»Wenn ich über kurz oder lang auf der geschlossenen Station lande, werde ich schon so dement sein, dass ich kaum noch was davon mitkriege.«

»Ach Gottchen, Hendrik, darauf habe ich gerade wirklich keine Lust. Trink jetzt lieber deinen Kaffee, damit wir an den Strand können.«

Leonie mag es gar nicht, wenn ich über das Pflegeheim rede.

Herr Jojo schon. Er erkundigte sich interessiert, ob ich meinen Aufenthalt auf der Demenzstation denn gern bewusster erleben wollte.

Ich dachte lange nach. Mir fällt es zunehmend schwerer, die Gedanken beisammenzuhalten.

»Ja, ich denke schon, dass ich das will. Wenn man nicht gerade vom Bus überrollt wird, gehört der Verfall zum Leben. Davon möchte ich, solange es erträglich bleibt, noch etwas mitkriegen. Ich bin schon ein wenig neugierig, ob ich Frieden damit schließen kann.«

Herr Jojo fand das offenbar einen interessanten Gedanken.

»Vielleicht musst du es mit der Verwirrtheit in nächster Zeit ein bisschen übertreiben. Dann wirst du etwas eher verlegt und kannst dich noch mit halber Geisteskraft umsehen. Auf mich wirkt es allerdings ziemlich trist.«

Letzteres machte mir auch Angst, aber dennoch …

Es gibt da ein Buch über jemanden, der nur so tut, als ob er dement wäre, um aufgenommen zu werden. Oder vielleicht war er auch schon in einem Pflegeheim. Ich würde das gern lesen, aber mit dem Lesen klappt es fast überhaupt nicht mehr. Ein oder zwei Seiten, dann verlieren die Sätze ihren Sinn.

Ob es schwierig ist, so zu tun als ob?

Dienstag, 26. Mai

Der Mythos von der »Weisheit des Alters« beruht auf einem Missverständnis. Zumindest in unserem Heim. Wenn ich mich so umschaue, sehe ich erstaunlich wenig Weisheit. Das gilt auch für mich. Ich werde unweigerlich älter, aber leider auch unweigerlich dümmer.

Ich will versuchen, auf eine etwas nettere Weise dumm zu werden. Nicht quengelig und eigensinnig, sondern mehr von der Sorte »sorry, ich kann nichts dafür«-dumm. Ich fürchte aber, dass mir die Demenz auf die Dauer wenig Raum für Selbstregulierung lässt. Irgendwann übernimmt der Alzheimer doch die Regie.

Samstag, 30. Mai

»Die Zeit ist milde mit dir umgegangen, Hendrik. Du bist ein sehr attraktiver Neunzigjähriger.«

»Danke, Eefje, aber du brauchst dich auch nicht zu verstecken. Ich beobachte regelmäßig Männer, die sich fast den Hals verrenken, um dir nachzusehen.«

Eefje lachte. »Anfängerfehler, Hendrik, nie übertreiben, es muss schon ein bisschen glaubwürdig bleiben.«

»Wäre ich noch neunundachtzig, ich würde dich auf der Stelle ins Bett zerren.«

»Sprücheklopfer. Ich muss jetzt gehen. Küsschen.«

»So schön, dich wieder mal gesehen zu haben.«

Sonntag, 31. Mai

Pfingsten.

Als kleiner Junge bin ich auf eine katholische Grundschule mit Patres gegangen. Jeden Sonntag war ich in der Kirche. Ich war sehr beeindruckt von dem großen Gebäude, dem Weihrauch, dem tosenden Klang der Orgel, dem Gewand der Patres.

Einmal war aus irgendeinem wichtigen Grund ein Bischof in unserer Kirche. Er hatte keinen Bart, sah ansonsten aber dem Nikolaus erstaunlich ähnlich. Mir schien das damals, als Neunjährigem, kein gutes Omen zu sein. Das war, kurz bevor ich ernsthaft von der Welt der Erwachsenen enttäuscht wurde, nämlich als mir meine Eltern erklärten, dass es den Nikolaus gar nicht gab.

Von da an fürchtete ich, dass sie mich eines schlechten Tages zu sich rufen würden, um mir mitzuteilen, dass auch Gott nicht existierte.

Ich zweifelte bereits ein wenig an ihm, wegen dieser Geschichte von der Arche Noah, in der von jeder Tierart ein Paar an Bord gebracht werden musste. Ich las nämlich viele Tierbücher. War Noah denn, kurz bevor die Flut losbrach, schnell nach Australien gereist, um ein Kängurupaar abzuholen, dann wegen zweier Giraffen nach Afrika, zum Nordpol für Herrn und Frau Eisbär und gleich darauf weiter nach Amerika, um dort zwei Bisons mitzunehmen? Das wäre doch eine ziemliche Hetzerei für diesen Noah gewesen? Dass alle anderen Tiere ertranken, fand ich zudem überaus traurig. Die hatten schließlich nichts falsch gemacht. Nur die Fische waren verschont geblieben. Das gönnte ich ihnen von Herzen (allerdings nicht den Haien oder Quallen), es schien mir aber recht willkürlich.

Ich hatte auch gelesen, dass es wohl an die zehntausend verschiedene Marienkäferarten gibt. Die konnte Noah doch unmöglich alle zusammengetragen haben, bevor es so heftig zu regnen anfing?

Nein, mit diesem Gott stimmte etwas nicht, da war ich mir sicher.

Ich bin noch viele Jahre sonntags zur Kirche gegangen, aber mehr aus Gewohnheit denn aus Überzeugung. Als Aafke ertrank, ist mein Gott auch ertrunken.

Montag, 1. Juni

Ich habe mit Leonie drei Tische in einem Fischrestaurant in unserem Dorf für ein Alanito-Treffen reserviert. Das schien mir genügend Platz für sechs Personen. Soll der Restaurantbesitzer herausfinden, wie wir genau sitzen dürfen. Ich finde mich in diesem Regelwirrwarr nicht zurecht, das für Terrassencafés, Restaurants, Geschäfte, Friseure, Seniorenheime, Pflegeheime und Gott weiß was noch alles gilt. Zudem ändern sich diese Regeln jede Woche. Kafka erstickt noch vor Lachen in seinem Grab. Ich laufe auch immer wieder aus Versehen entgegengesetzt zur Pfeilrichtung. Manchmal bietet mir jemand Hilfe an, doch meistens ernte ich böse Blicke.

Ich habe mit dem alten Normal schon alle Hände voll zu tun, da soll ich mich nun obendrein auch noch an ein wöchentlich brandaktuelles, neues Normal halten. Mit so viel Veränderung halte ich nicht mehr Schritt.

Ich hatte Frau Schuttevaar gefragt, ob wir, wie beim letzten Mal, den kleinen Versammlungsraum für unser

Treffen nutzen dürften; wegen Corona ging das leider nicht. Sie bedauerte das sehr.

»Ihr hattet es bei eurer letzten Versammlung so nett, dass ich mir eigentlich vorgenommen hatte, beim nächsten Mal wie zufällig dazuzukommen«, verriet sie lachend.

Glücklicherweise war Leonie beim Reservieren dabei, denn ich hatte plötzlich nicht mehr alle Namen der Alanito-Mitglieder im Kopf. Die mussten bei der Coronapolizei angegeben werden.

Alle kommen. Leonie hatte jeden angerufen, und sie waren ausnahmslos begeistert.

Ria und Antoine an Tisch 1, Edward und Graeme an Tisch 2 und Leonie und ich an Tisch 3. Und dann wechseln wir einfach bei jedem Gericht durch. Ich habe darum gebeten, die Tische so eng wie möglich beieinander aufzustellen.

»Sonst müssen wir schreien, verstehen Sie«, warnte ich den Ober.

»Ich werde mir Ohrstöpsel reinstecken«, erwiderte dieser mit einem Lachen und versprach, sein Bestes zu tun.

»Ach ja, und sehr deutliche Richtungspfeile bitte, wir sind nämlich obendrein noch kurzsichtig.«

Leonie stieß mich an und bedeutete mir, mich ein wenig zu zügeln.

In einer Woche ist es so weit. Ich werde versuchen, noch einmal eine Rede zu halten.

Dienstag, 2. Juni

Es gibt in den Niederlanden ungefähr 130 000 Demenzkranke. Inzwischen etwas weniger. Aber selbst wenn sämtliche C-Toten in den Pflegeheimen angefallen wären, wären immer noch um die 124 000 da.

Demnächst bin ich einer von ihnen.

Geteiltes Leid ist in diesem Fall nicht halbes Leid. Denn wer dement ist, hat wahrhaftig keine Vorstellung mehr von den übrigen 123 999 Dementen. Nicht einmal mehr von jenen beiden, die mit ihm am Tisch sitzen. Und das ist auch gut so. Ich glaube ja nicht so sehr an geteiltes Leid. Ich neige mitunter zur gegenteiligen Auffassung: Geteiltes Leid ist doppeltes Leid.

Nun scheinen wir auf einmal mit Untersterblichkeit zu kämpfen zu haben: Es sterben nicht mehr, sondern weniger Menschen als sonst. Das liegt sicherlich daran, dass die besonders gefährdeten Senioren sämtlich in ihren Zimmern bleiben und somit nicht an gewöhnlicher Grippe erkranken. Und nicht mehr beim Überqueren der Straße unter ein Auto geraten oder sich die Hüfte brechen, wenn sie von einem schrägen Bordstein stolpern und in der Folge an den Komplikationen versterben. Ist da vielleicht etwas dran?

Ich verstehe das alles nicht mehr. Ich will es auch nicht mehr verstehen.

Ich gehe mit Fräulein Jansen spazieren und schreibe Frida, ob sie an den Strand kommen und mit dem Hund spielen möchte.

Untersterblichkeit ist allerdings gut für die Beerdigungsbranche. So können die mal für einen Moment durchschnaufen.

Mittwoch, 3. Juni

Ich war wieder mal geistig verwirrt.

Ich habe Herrn Jojo erzählt, dass ich letzten Monat meinen achtundachtzigsten Geburtstag gefeiert hätte. Und dass ich die Zahl so schön fände, weil man sie von zwei Seiten lesen könne.

Dann begann ich zu zweifeln. War das wirklich letzten Monat gewesen?

Leonie saß mit uns am Tisch.

»Wann habe ich noch mal Geburtstag, Leonie?«, fragte ich.

»Im September. Und ich muss dich enttäuschen: Du bist keine achtundachtzig, sondern neunzig Jahre alt.«

»Aber Sie sehen aus wie achtundachtzig und keinen Tag älter«, warf Jojo fröhlich ein.

Das war nett von ihm.

Donnerstag, 4. Juni

Ich ging durch das Dorf. Es war ein wenig regnerisch. Ich ging einfach so vor mich hin. Ich kam vom Bäcker. Das wusste ich, weil ich Rosinenbrötchen dabeihatte. Zum Glück, denn ich bekam langsam Hunger.

Da war eine Parkbank, gut für meine müden Füße.

Ich sah mich um. Die Umgebung kam mir bekannt vor, aber ich konnte sie nicht zuordnen. Ich aß ein Rosinenbrötchen. Und noch eins. Aber dann musste ich doch auch mal wieder nach Hause. Ich beschloss, noch ein wenig zu warten, bis mir wieder einfiel, wo ich war.

Dann sah ich zu meinem Glück Leonie aus der Ferne auf mich zukommen. Sie winkte mir überschwänglich zu.

»Hab ich dich gefunden«, seufzte sie und setzte sich neben mich.

»Hast du mich gesucht, Schatz?«

»Nun ja, ein wenig schon. Du bist seit fast zwei Stunden unterwegs.«

»Ach herrje, wie die Zeit vergeht. Und das, um nur kurz zum Bäcker zu gehen.«

»Du bist völlig ausgekühlt und ganz nass, Hendrik. Komm, wir gehen nach Hause.«

Mir war tatsächlich kalt, aber ich hatte auch nur ein kurzärmliges Oberhemd an.

Freitag, 5. Juni

Leonie hat von ihrem heimlichen Freund zwei französische Ansichtskarten mit Rezepten darauf bekommen. Ein Rezept für Blutwurst mit Apfel und eines mit einem französischen Bohnengericht.

»Danke für die Rezepte«, schrieb sie in die Gruppe, »aber mein Französisch ist ziemlich schlecht, und ich habe Angst, den Feueralarm auszulösen, wenn ich sie in meinem Zimmer nachkoche. Lieber Freund, hätten Sie auch ein schönes Rezept für einen Salat?«

Am nächsten Tag wurde ein Folder unter ihrer Tür durchgeschoben: »Zehn besondere Salatrezepte.«

Weil sich Frau Sliedrecht das letzte Mal so über das Gedicht gefreut hatte, habe ich ihr noch einen Vers geschickt:

Am Fenster sitzt sie, ruhig und gefasst
Strickt stets tüchtig und ganz ohne Hast
Würdevoll, stilvoll, kurz: eine Dame
Ja, Frau Sliedrecht ist ihr Name

Nun ja, es reimt sich zumindest.

Poesie scheint in Mode zu sein. Denn ich bekam selbst eine Ansichtskarte mit einem Hündchen, auf der stand:

wenn ich mal nichts hab zu tun
schau ich gern rüber zu Herrn Groen
der hat immer was zu tun
ob nun damals oder nun

Damit würde man nicht mal beim Nikolaus durchkommen. Aber gleichzeitig ist es in seiner Stümperhaftigkeit unheimlich rührend.

Ich bin kein bisschen weitergekommen mit meiner Handschriftenstudie. Nur Jojo und Leonie, von denen ich es just nicht benötigte, boten mir spontan an, etwas zu Papier zu bringen.

Alle anderen Mitbewohner verweigerten die Mitarbeit.

Samstag, 6. Juni

Ich habe mit Eefje einen herrlichen Strandspaziergang unternommen. Arm in Arm. Sie wies mich auf jeden einzelnen Vogel hin. Erst gegen den Wind bis zum Strandpfahl, dann umkehren und mit dem Wind zurück. Bis zum Strandpavillon. Erst eine Tasse Tee, danach ein Glas Wein.

»Mir macht es nichts aus, aber du hast mich immer Eefje genannt«, meinte Leonie, als wir wieder vor dem Eingang unseres Heims standen.

Ich erschrak und wollte mich bei ihr entschuldigen.

»Das macht doch nichts, Hendrik. Ich fühle mich sogar sehr geehrt. Ich weiß, wie verrückt du nach Eefje warst.«

Ich habe keine Ahnung, warum, aber auf einmal wurde ich furchtbar traurig. Leonie legte einen Arm um mich.

»Dieser Alzheimer ist aber auch eine blöde, verwirrende Krankheit. Versuch, dir das so wenig wie möglich zu Herzen zu nehmen.«

Das versuche ich, aber manchmal, da wird es zu stark, da übermannt es mich.

Sonntag, 7. Juni

Mein Freund und Ex-Lehrerkollege, Herr Jojo, der Mann der Zahlen, hat ein Pamphlet verfasst und an die Pinnwand gehängt. Für alle Interessierten hat er einen Stapel Kopien auf den Tisch neben der Pinnwand gelegt.

Sehr geehrte Mitbewohner,
für alle, die an einem kurzen theoretischen und auf Zahlen basierenden Abriss der Ereignisse in der Coronakrise interessiert sind, bin ich einigen Dingen auf den Grund gegangen.
Zunächst zur Beruhigung: Es gibt Orte auf dieser Welt, in denen es sicherlich weniger rosig aussieht, aber hier in den Niederlanden haben wir das Virus noch gut unter Kontrolle. Es sind in den Niederlanden gestern offiziell

acht Menschen an Corona gestorben. Das ist einer auf zwei Millionen Niederländer. Es sterben im Schnitt täglich vierhundertzwanzig Niederländer. Zwei Prozent davon verstarben gestern an Corona.
Aus dieser Zahl können Sie schlussfolgern, dass Sie sich momentan wenig bis gar keine Sorgen zu machen brauchen. Es gibt aus statistischer Sicht keinen einzigen Grund, auf Besuche zu verzichten oder den Gemeinschaftsraum zu meiden.
Von Beginn des Coronaausbruchs an herrschte unter vielen Niederländern, insbesondere den älteren, große Angst und Unsicherheit. Diese resultierten vor allem aus mangelndem Wissen über das Virus und dessen Unvorhersehbarkeit sowie aus dessen Nichtsichtbarkeit.
Die Folge war, dass bei einigen Menschen der Eindruck entstand, die Kontrolle verloren zu haben. Eine Möglichkeit, die Kontrolle wiederzuerlangen, besteht darin, Experten zurate zu ziehen. Aber die Experten hatten wenig zu bieten: Auch sie wussten kaum, was zu tun war. Das verstärkte die bereits bestehende Unsicherheit noch, statt sie zu beseitigen. Hinzu kam eine große Menge unsorgfältiger, unvollständiger, tendenziöser, einseitiger, auf Sensationen gerichteter und aus dem Zusammenhang gerissener Informationen aus Radio, TV und den Printmedien. Die Angst und die Unsicherheit vieler Menschen schlugen dadurch in Panik um.
Keinen einzigen Moment lang hat die Anzahl der durch Corona verlorenen Lebensjahre diese Panik gerechtfertigt. Zur Veranschaulichung sei hier angemerkt, dass die offizielle Zahl der an Corona Verstorbenen in den Niederlanden bis zum heutigen Tag noch immer niedriger ist als die jener, die der schweren Grippewelle zum Opfer gefallen sind, welche unser Land im Winter 2017/2018 getroffen hat. Das einzig wirklich Besorgniserregende waren und

sind die Kapazitätsprobleme des abgespeckten und kaputtgesparten Pflegesektors.

Die Regierung musste, unter dem Druck der öffentlichen Meinung, »Tatkraft zeigen«. Sie hatte kaum andere Mittel zur Hand als das Erlassen von Regeln, welches sie schließlich auch in noch nie da gewesenem Maße nutzte. Um der Sicherheit willen entschied sich die Regierung lieber für zu viele Regeln als für zu wenige, wenn auch manchmal nicht klar war, welchen Effekt die auferlegten Anordnungen erzielen sollten.

Es ist ein Missverständnis zu glauben, mit besonders vielen Regeln wären die Dinge automatisch gut geregelt. Das Umgekehrte kann der Fall sein: je mehr Regeln, desto schlechter geregelt.

Das Resultat der Regierungsmaßnahmen war, dass nicht nur nützliche Regeln aufgestellt wurden, sondern auch solche, die widersprüchlich, inkonsequent, überflüssig, kontraproduktiv und unverständlich sind. Sämtliche negativen Konsequenzen dieser Regeln wurden zunächst in Kauf genommen. Der Zweck heiligte die Fragwürdigkeit vieler Mittel.

Inzwischen ist das Coronavirus in den Niederlanden zahlenmäßig unter Kontrolle, doch der ökonomische, soziale und gesellschaftliche Schaden infolge der Maßnahmen zur Coronabekämpfung wird uns noch Jahre zu schaffen machen.

Es ist ein eher schaler Trost für die meisten Bewohner von Senioren- und Pflegeheimen, dass sie das alles nicht mehr mitmachen müssen.

Ich hoffe, Ihnen mit oben stehender Analyse ein wenig Einblick in die Coronakrise verschafft und zudem etwas zu Ihrer Beruhigung beigetragen zu haben.

Hochachtungsvoll

W. J. Handjojo

Wow! Beeindruckend!

Ich habe mich, von Leonie unterstützt, sehr lange darum bemüht, alles zu lesen und, noch länger, auch ein wenig davon zu begreifen. Kluger Kerl, mein Freund Jojo. Zu klug für mich. Oder bin ich zu dumm für ihn geworden?

»Meinst du, ich hätte das früher verstanden?«, fragte ich Leonie.

Sie überlegte.

»Ziemlich sicher, Hendrik.«

Ich finde, sie hat ein wenig zu lange darüber nachdenken müssen.

Montag, 8. Juni

Das Coronapamphlet von Herrn Jojo wurde gestern Abend von der Pinnwand entfernt. Auch die Kopien sind verschwunden. Es stand nicht dabei, wer das getan hat, und niemand übernahm dafür die Verantwortung.

Jojo hat, ohne ein Wort darüber zu verlieren, ein neues Exemplar aufgehängt und weitere Kopien bereitgelegt.

Morgen ist das Treffen. Ich versuche seit Tagen, eine Rede zu schreiben, aber es gelingt mir nicht. Es ist zum Verzweifeln.

Ich schreibe ein paar Sätze, mit denen ich rundum zufrieden bin, gehe unten einen Kaffee trinken, komme zurück, lese mir alles noch einmal durch und muss es in den Papierkorb werfen. Entweder zu wirr oder zu lahm.

Ich habe Leonie gebeten, mir zu helfen. Sie kommt heute Nachmittag vorbei.

Letzte Woche habe ich mir ein paar Seiten aus dem Tagebuch durchgelesen, die noch nicht von Leonie korrigiert worden waren. Das Fazit: Es wird nicht besser. Ich verstand ein paarmal selbst nicht, was der Verfasser uns eigentlich mitteilen wollte.

Als ich dieselben Seiten wenig später erneut las, nachdem Leonie das ein oder andere verändert hatte, waren es auf einmal gut lesbare Passagen geworden. Ich musste mehrmals über die Witze lachen. Manche waren mir komplett neu. Vielleicht schreibt meine Frau hin und wieder etwas dazu?

Dienstag, 9. Juni

Meine Tischrede für das Treffen ist fertig:

Früher habe ich oft scherzhaft gesagt: »Ich bin doch nicht irre!«
Da bin ich mir inzwischen nicht mehr so sicher. Denn, sehr verehrte und geliebte Alanito-Freunde, mit mir geht es geistig ordentlich bergab. Und so ist es mir eine noch größere Freude als sonst, euch alle begrüßen zu dürfen. Graeme, Ria, Antoine, Edward und Leonie, wie ist die Zeit milde mit euch umgegangen, und wie bin ich glücklich, dass ich euch alle noch erkenne.
Mein Herz macht jedes Mal einen Freudensprung, wenn ich, Alanito wie eh und je am Tisch, beziehungsweise in diesem Fall um drei Tische, versammelt sehe. Allesamt gesund und munter. Es hätte mich auch sehr gewundert, wenn uns so ein kleines Virus in die Knie gezwungen hätte.

Ich habe in Amsterdam-Nord ein paar der schönsten Jahre meines Lebens verbracht, und das lag nicht an der dortigen Haute Cuisine oder der architektonischen Schönheit des Gebäudes; das lag an euch. Wie herrlich haben wir zusammen gelacht, gegessen, getrunken und gefeiert. Welch wunderbare Ausflüge haben wir organisiert. Und bei alldem gab es stets, wann immer es nötig war, eine Schulter zum Anlehnen und ein offenes Ohr.
Wir haben das Beste in einander zum Vorschein gebracht. Ich denke fast täglich mit großer Freude und ein wenig Wehmut daran zurück.
Das Zurückdenken wird wohl nicht mehr lange möglich sein. Ich sagte es schon: Ich werde langsam irre. Ich habe Alzheimer. Beim nächsten Mal werde ich euch Papa oder Mama nennen und um den Tisch laufen.
Aber erst wenn ich anfange, mit Erbsen zu schießen, und den köstlichen Wein auf meinen Teller zu schütten, ist es genug, dann dürft ihr mich im Pflegeheim lassen.
Ich habe es schon oft gesagt, und ich wiederhole mich nur zu gern:
Verdammt, wie habe ich eure Gesellschaft genossen. Danke, danke, danke.
Mit Freuden hebe ich das Glas: Mögen die Getränke fließen, und verbrennt euch nicht an den Kroketten.
Alanito lebe hoch, hurra, hurra, hurra.

Es hat mich ein paar Stunden harter Arbeit gekostet, aber jetzt kann man es so lassen. Leonie hat meine Ansprache durchgesehen, korrigiert und ein paar unschöne Worte gestrichen.

Sie meinte: »Schöne Tischrede, Hendrik, ich habe sie nur hier und da ein wenig geglättet, wenn das für dich in Ordnung ist.«

Es war für mich in Ordnung. Sie hatte recht: Fluchen ist okay, aber nur in Maßen.

Jetzt muss ich mich für das Treffen umziehen. Grandseigneur Hendrik geht heute aus.

Mittwoch, 10. Juni

Nach meiner Ansprache bekam ich sitzende Ovationen. Hie und da glitzerte ein Tränchen, und ich wurde umarmt. Der Eigentümer des Restaurants blickte ein wenig ängstlich auf die Eingangstür, ob nicht ein paar Ordnungshüter bereitstünden, um gleich hereinzuplatzen, hat aber nichts weiter gesagt. Auch nicht, als wir langsam, aber sicher die Stühle etwas enger aneinanderrückten.

Wir haben wie früher gelacht, köstlich gegessen und ein bisschen zu viel getrunken. Und wir haben miteinander gesungen. Edward hatte ein paar der guten alten Lieder kopiert, und so haben wir, nachdem die meisten anderen Gäste gegangen waren, die »Zuiderzeeballade« angestimmt und »Toen wij van Rotterdam vertrokken«. Es klang schrecklich schief, und Edwards Beitrag machte es überdies unverständlich, aber wir haben es genossen.

Ich ärgerte mich allerdings ein wenig darüber, dass Graeme und Edward ein paarmal auffällig miteinander tuschelten und immer sofort damit aufhörten, sobald ich mich »zufällig« hinter sie stellte.

»Nett hier, oder, Hendrik?«, riefen sie etwas übertrieben im Chor.

»Heckt ihr etwas aus, Freunde?«, fragte ich.

Sie blickten einander kurz an. Graeme nickte.

»Um die Wahrheit zu sagen: Wir hecken tatsächlich etwas aus. Edward hatte gerade eine gute Idee.«

»Und was ist das für eine Idee?«

»Das ist eine Überraschung. Du wirst es erfahren.«

»Oh, schön.«

»Bist du nicht neugierig?«

»Doch, schon.«

»Gut, denn das war unser Ziel: dich neugierig machen.«

Und damit musste ich mich zufriedengeben. Es wurmte mich ein wenig, dass ich nicht in ihre Pläne eingeweiht wurde. Vielleicht war ich ihnen ein wenig zu zerstreut.

Der Abschied war sehr emotional. Als ob sie mich niemals wiedersehen würden.

»He, ich sterbe nicht. Zumindest noch nicht. Ich weiß nur bald nicht mehr, wer ich bin. Kommt doch zum gemütlichen Kennenlernen vorbei. Sooft ihr wollt. Ich werde ein sehr gut gelauntes dementes Kerlchen, das verspreche ich euch. Ich verteile höchstens Strafarbeiten.«

Ein Glück, es wurde wieder gelacht. Ende gut, alles gut.

Ich bin, noch während die schönen Eindrücke in mir nachhallten, Arm in Arm mit Leonie nach Hause geschlendert.

An meiner Zimmertür gab sie mir ein Küsschen auf die Wange. »Gute Nacht, Schatz. Und danke schön.«

»Für was?«

»Dafür, dass ich dich kenne.«

Donnerstag, 11. Juni

Der Text von Herrn Jojo ist erneut von der Pinnwand verschwunden. Er blieb gelassen, hängte ein neues Exemplar auf und legte wieder ein paar Kopien auf den Tisch daneben.

»Ich habe genug. Und wenn sie aufgebraucht sind, mache ich neue. Ich kann wochenlang so weitermachen. Derjenige, der das herunternimmt, will offensichtlich anonym bleiben und muss jedes Mal aufpassen, dass er nicht erwischt wird. Das ist viel schwieriger.«

Als ich heute in den Spiegel sah, fiel mir mit einem Mal auf, dass ich ein wenig dümmlich wirkte. Oder vielleicht eher erschrocken?

Ich fragte Leonie, ob ich dümmlich wirke.

»Nicht dümmlicher als sonst.« Sie musste lauthals lachen.

Ich war beleidigt.

»Das war doch nur ein Scherz, Hendrik, du siehst großartig aus.«

»Aber auch ein bisschen dumm?«

»Nein, höchstens ein bisschen zerstreut.«

Es dauerte verdammt noch mal ziemlich lange, bis auch ich ein wenig darüber lachen konnte.

Samstag, 13. Juni

Mein Telefon klingelte.

»Hier ist Frida. Wo bleibst du, Opa? Wir stehen schon eine Viertelstunde vor der Tür.«

Shit, komplett die Zeit vergessen. Es hing sogar ein Zettel an der Tür. Den muss ich mir nachher anschauen, hatte ich doch ein paarmal gedacht.

Tatsächlich, darauf stand: 14.00 Uhr: HUND MIT FRIDA GASSI FÜHREN.

Leonie war das ganze Wochenende über bei ihrem Sohn, sie konnte mich daher nicht abholen, und ich weiß einfach oft nicht, wie spät es ist.

Ich eilte mit einem wie immer begeisterten Fräulein Jansen nach unten. Dort stand Frida und strahlte. Der Hund bekam eine minutenlange Begrüßung und ich einen Ellenbogen. Neben ihr stand ein kleiner Junge.

»Hallo, ich bin Opa Hendrik, und wer bist du?«

»Das ist mein Bruder. Den kennst du doch? Von meinem Geburtstag. Und er war auch schon zweimal beim Gassigehen dabei.«

»Ach ja, jetzt erinnere ich mich. Ich hatte nur für einen Moment deinen Namen vergessen.«

»Ich bin Tommie, und ich bin sieben.«

»Jesses, schon sieben, das ist ganz schön groß.«

»Er muss üben, Opa, das weißt du doch.«

Langsam dämmerte es mir wieder.

Tommie war der Ersatz-Gassigeher. Sollte Frida künftig mal nicht mit dem Hund gehen können, weil sie zum Beispiel zu einer Feier eingeladen war, konnte Tommie für sie einspringen.

Wir spazierten zum Strand.

Tommie übte das Bällewerfen und das Rufen, falls der

Hund zu weit weglief. Fräulein Jansen hörte nicht, aber das tut er eigentlich nie, bei niemandem. Er ist ein störrischer Esel. Genau wie sein früheres Herrchen, Evert.

Aber ich würde ihn für kein Geld der Welt missen wollen, wir können so wunderbar miteinander reden und lachen.

Sonntag, 14. Juni

Da Leonie das ganze Wochenende weg ist, hatte ich Zeit für mich. Ich dachte, ich tue mal etwas Nützliches und mache in meinem Zimmer Großputz. Früher hat das meine Frau immer im Frühling gemacht. Und wenn es in unserem Haus wieder blitzeblank war, musste ich sie auf einen Windbeutel einladen. Ich hatte es weniger mit dem Putzen und bekam öfter mal eins aufs Dach, weil ich alles herumliegen ließ. Aber lieb aufs Dach, das schon.

Dabei war es in meinem Klassenzimmer immer picobello. Hefte bei den Heften, Buntstifte bei den Buntstiften, Kreiden im Behälter, Schwamm auf der Ablage.

In meinem Zimmer hat das Chaos in letzter Zeit ein wenig überhandgenommen, zumindest hat das die Schwester ein paarmal gesagt.

Heute Vormittag habe ich alles aus den Schränken geräumt und auf dem Boden ausgebreitet. Ich habe nicht so viele Sachen, und trotzdem war der Boden fast vollständig bedeckt.

Ich bin auf ziemlich viele Dinge gestoßen, von denen ich gar nicht mehr wusste, dass ich sie noch hatte, mit denen ich aber schöne Erinnerungen verband.

Ich habe eine Schatzkiste zusammengestellt. Oder vielmehr eine Schatztasche. Meine alte Lehrertasche. Darin befinden sich:

- ein Tafelschwamm
- weiße und bunte Kreiden
- Briefe von meiner Frau
- Everts Kaffeebecher
- Spielzeug von Aafke: Springseil, Puppe, die kleine Hammerbank und ihr erstes Puzzle
- Vogel von Eefje
- Zeichnungen
- mein altes Feuerzeug

Es passte alles haargenau in die Tasche.

Dann klopfte es an die Tür.

»Herr Groen, sind Sie wach?« Es war Schwester Schuttevaar.

»Kommen Sie ruhig herein!«, rief ich.

Das hätte ich besser nicht tun sollen, denn sie erschrak fürchterlich, als sie den Kopf durch den Türspalt steckte. Es musste wohl auch ein ziemlich merkwürdiger Anblick gewesen sein, dachte ich später. Ich, auf dem Boden sitzend, mitten im Zimmer, all meine Sachen um mich ausgebreitet.

»Was machen Sie denn da, Herr Groen?«

»Ich räume auf.«

»Oh.« Sie ließ den Blick durch das Zimmer gleiten. »Ja, jetzt sehe ich es. Vielleicht könnten Sie nach dem Essen weitermachen. Es ist für Sie unten gedeckt, und ich habe mich gefragt: Wo bleibt denn Herr Groen?«

»Für was gedeckt?«

»Fürs Abendessen.«

Nach dem Essen hatte ich keine Lust mehr weiterzumachen. Ich habe zwei Pfade angelegt: einen zum Fernseher und einen zu meinem Bett. Morgen ist auch noch ein Tag.

Montag, 15. Juni

Als ich heute Morgen aufwachte, erschrak ich selbst ein wenig angesichts des Chaos. Ich habe alles schnell wieder in den Schubladen verstaut. Nur die Sachen, die mir besonders am Herzen liegen, habe ich in meine Tasche gestopft, die ich dann in das Körbchen meines Rollators gelegt habe.

Dienstag, 16. Juni

Meine Texte werden zusammenhangloser. Dass sie noch lesbar sind, verdanke ich Leonie, die viel Arbeit hineinsteckt. In meinem Kopf herrscht inzwischen häufig Nebel. Sobald sich der Nebel kurz verzieht, versuche ich, meine Gedanken in Worte zu fassen, doch diese Worte entgleiten mir immer öfter.

Es wird nicht mehr lange dauern, bis ich nichts Sinnvolles mehr zu Papier bringe.

Nach langem Zögern habe ich Leonie gefragt, ob sie mein Tagebuch dann ordentlich zu Ende bringen würde.

Davor habe sie einen Heidenrespekt, meinte sie. Sie wiederum hat mich gefragt, ob sie Herrn Jojo dann um Hilfe bitten dürfte.

Das Duo Leo & Jojo. Zu ihnen habe ich vollstes Vertrauen.

Ich lese übrigens ziemlich gern in meinem Tagebuch. Mit diesem Groen habe ich keine Probleme.

Mittwoch, 17. Juni

Herr Jojo hat es für mich recherchiert: In den Niederlanden leben etwa 115 000 Menschen in 2349 Senioren- und Pflegeheimen. Wiewohl uns die Zeitungen glauben machen wollen, dass es einen enormen Kahlschlag gegeben hat und dass in diesen Heimen viele Tausend Senioren einer Coronaerkrankung erlegen sind, waren es im Schnitt pro Heim höchstens zwei. Es muss zig oder gar Hunderte Heime geben, in denen niemand an diesem neuen Virus gestorben ist.

Möglicherweise wäre es noch keine sehr gute Idee, Karnevalsfeste oder Tanzabende zu veranstalten, doch die Bewohner zu ihrem Besten einsam einzuschließen ist das andere Extrem. Es scheint mir höchste Zeit, die Zügel wieder etwas zu lockern. Einfach den gesunden Menschenverstand gebrauchen und ein wenig vorsichtig sein. Zum Glück sieht es danach aus, dass auch Rutte und seine Gefolgsleute langsam zu dieser Überzeugung gelangen.

Mein lieber Freund Evert sprach es regelmäßig laut und deutlich aus: »Das Leben ist tödlich.«

Überdies vertrat er die Ansicht, dass die genaue Todesursache, in Anbetracht des Endergebnisses, wenig zur Sache tut.

Evert war nicht politisch korrekt, sondern eher geradeheraus und aufrichtig korrekt. Er hegte eine gewaltige Abscheu vor Menschen, die sich besonders schnell auf die Zehen getreten fühlten, die beim geringsten Anlass verletzt reagierten.

Die Anzahl dieser arg verletzlichen Menschen nimmt in erschreckendem Maße zu. Allein durch diesen letzten, kurzen Satz könnten sich wieder zig Menschen verletzt fühlen, weil sie finden, dass ihre Verletzlichkeit nicht hinreichend ernst genommen wird.

Donnerstag, 18. Juni

Wenn ich etwas in mein Tagebuch geschrieben habe, gehe ich danach meist zu Leonie, um es ihr zu zeigen. Sie liest es sich dann in aller Ruhe ein- oder zweimal durch und stellt mir ein paar Fragen.

Beispielsweise wann etwas passiert ist, wer nun was gesagt hat, wo etwas stattgefunden hat.

Mitunter kann ich ihr keine genauen Antworten auf ihre Fragen geben. Wenn sie glaubt, dass es wichtig ist, versucht sie, es auf andere Weise herauszufinden.

Am nächsten Tag liest sie mir die überarbeitete Version meiner Berichte vor. Ich finde dann immer, dass es viel schöner geworden ist, auch wenn ich nicht mehr genau weiß, wie ich es selbst geschrieben hatte.

Heute Vormittag habe ich sie gefragt, ob sie das Tagebuch für mich weiterführen würde, weil es mir zu anstrengend wird.

Na, da bekam ich aber Gegenwind.

»Hendrik Groen, so etwas will ich von dir gar nicht hören. So schnell aufzugeben! Du schreibst noch gut genug, um es eine Zeit lang weiterzuführen. Gib dir einfach ein wenig mehr Mühe, das tut dir gut.«

Ich murrte noch etwas, aber das machte es nicht besser. Sie war tatsächlich ein bisschen böse.

»Ohne Schweiß kein Preis, das weißt du. Du machst einfach so lange weiter, bis ich nur noch Bahnhof verstehe. Also bildlich gesprochen, meine ich.«

Ich kannte die Wendung zwar etwas anders, aber es schien mir nicht der richtige Zeitpunkt, ihr zu widersprechen.

Ich habe Leonie geloben müssen, so lange wie möglich weiterzuschreiben. Sie hat ihrerseits zugesagt, mein Werk so lange zu korrigieren, bis es allzu unzusammenhängend wird, und das Tagebuch dann, wenn es so weit ist, ordentlich zu Ende zu führen.

Freitag, 19. Juni

Es ist mir schon wieder passiert!

Ich saß auf einer Bank vor der Drogerie und hatte keine Ahnung, wie ich da hingeraten war oder was ich dort tat.

Manchmal macht mir das Angst. Manchmal macht es mich auch wütend.

Aber zum Glück habe ich eine neue Freundin gefunden: die Ergebenheit.

Ich denke mir dann: Ach, Hendrik, was macht es schon, wo du sitzt und wie du dort hingekommen bist.

Um dann in meinen Taschen nach Zetteln zu suchen, die eventuell Hinweise darauf enthalten, was jetzt zu tun ist. Wenn ich nichts finde, gehe ich wieder nach

Hause. Den Weg kenne ich meist noch, und sonst frage ich jemanden.

Die Sängerin Vera Lynn ist gestorben. Ich glaube, sie ist hundertundvier Jahre alt geworden.

Als fünfzehnjähriger Junge war ich in sie verliebt. Natürlich wurden im *Journaal* alte Schwarz-Weiß-Bilder von ihr gezeigt. Ich fand sie immer noch schön, bemerkte allerdings erst jetzt, dass sie vorstehende Zähne gehabt hat. Die hatte meine Frau übrigens auch. Vielleicht stehe ich ja ein wenig auf Frauen mit Pferdegebiss.

Frau De Nijs glaubte wohl, dass wir jetzt auf ihre Interpretation von Veras berühmtesten Liedern warteten. Ungefragt sang sie »We'll Meet Again« und gleich darauf »The White Cliffs of Dover«.

Es war abscheulich.

Als sie danach auch noch »Land of Hope and Glory« anstimmte, habe ich aus Versehen eine große Schüssel mit Keksen vom Tisch gestoßen. Die Schüssel brach mit viel Krawall entzwei, und die Kekse flogen nur so durch die Luft, doch die De Nijs hatte aufgehört zu singen.

Ich glaube nicht, dass es jemand beobachtet hat, allerdings blickte Herr Jojo kurz verwundert in meine Richtung.

Ich konnte wirklich nicht zulassen, dass das Andenken Vera Lynns auch nur einen Augenblick länger besudelt wurde.

Sonntag, 21. Juni

Es war ein Fest. Gestern Nachmittag kam Frida zum ersten Mal wieder zu mir zu Besuch.

Am Tag zuvor hatten wir über Skype verabredet, dass sie um drei Uhr vor dem Eingang stehen würde.

Ich hatte sofort meine beiden Wecker gestellt und einen Zettel dazugelegt: FRIDA KOMMT!

Ich musste alles genau durchdenken und planen, denn es sind altmodische Wecker mit einer Glocke obendrauf, und die kann man nicht so lange im Voraus stellen, also stellte ich sie in Etappen.

Ich hatte Lakritz und Kekse besorgt, und im Schrank war noch eine Flasche Kinderwein. Für mich gab es noch eine halbe Flasche Rotwein.

Die Wecker klingelten pünktlich, und ich ging hinunter, um auf sie zu warten. Aus Furcht, zu spät zu kommen, war ich eine halbe Stunde zu früh. Bei so etwas muss ich aufpassen, denn wenn es zu lange dauert, weiß ich irgendwann nicht mehr, worauf ich eigentlich warte. Zur Sicherheit stecke ich mir zurzeit immer einen grünen Zettel in die Brieftasche, auf dem ich nachlesen kann, was ich gerade mache.

Es war schönes Wetter, also konnte ich draußen auf der Bank vor dem Eingang warten. Der freundliche Portier setzte sich einen Moment zu mir. Er hatte einen Zollstock dabei und maß zum Spaß exakt 150 Zentimeter aus. Dort markierte er die Bank mit einem Bleistiftstrich und setzte sich. Auf die falsche Seite der Markierung.

Wir haben uns gut unterhalten.

Als Frida angelaufen kam, war ich für einen Moment überrascht.

»Hey, Frida, wie nett.«

»Hallo, Superopa.« Sie gab mir zwei Ellenbogenküsschen.

Es erwartete mich eine herbe Enttäuschung: Das Schachspielen ging wirklich schlecht.

Frida hatte bestimmt zehn Mal gefragt: »Was machst du denn, Opa?«

Ich konnte es verdammt noch mal nicht mehr, es war zum Heulen. Wusste nicht mehr, wie der Springer zieht, wie viele Felder der Bauer nach vorne durfte, dass man eine Figur decken sollte, alles war verschwommen.

»Weißt du was, Opa«, schlug Frida vor, »lass uns Dame spielen.«

Erst ärgerte ich mich noch zu sehr über mich selbst, aber Frida tröstete mich.

»Schach ist wirklich ein sauschweres Spiel, Opa, das lernt man nicht so ratzfatz, aber vielleicht kann man es ja ratzfatz vergessen. Weil es so kompliziert ist. Kann ich noch ein Glas Kinderwein?«

Wir beschlossen, Dame zu spielen, und das ging tatsächlich besser. Zunächst haben wir eine normale Partie gespielt, danach aber haben wir Lakritz als Spielfiguren verwendet. Was man schlug, durfte man aufessen. Frida warnte mich plötzlich nicht mehr vor dummen Zügen und gewann haushoch. Sie verspeiste in aller Ruhe die Spielfiguren. Ich für meinen Teil musste meinen »Gewinn« wieder zurück in die Tüte legen, denn mir wurde ein wenig übel.

Ich schenkte uns noch ein Gläschen ein. Frida spielte mit dem Hund und lachte sich die ganze Zeit schief über Fräulein Jansen. Als sie um fünf Uhr wieder nach Hause musste, war ich fast ein bisschen froh.

Ich war erledigt und machte noch kurz ein Nickerchen, bis Leonie mich zum Abendessen abholen kam.

Heute Morgen klopfte es an meine Zimmertür. Zu meiner großen Überraschung stand dort Fridas Mutter. Ob sie hereinkommen dürfe.

Sie berichtete, dass Frida sich nach ihrer Rückkehr merkwürdig verhalten habe.

»Sie kicherte die ganze Zeit und kippte einige Male ohne Grund fast um.«

»Ja, sie war wirklich recht quirlig, selbst für ihre Verhältnisse«, musste ich zugeben.

»Es klingt vielleicht komisch, Herr Groen, aber, äh … es wirkte fast, als wäre sie betrunken.«

Ich äußerte die Vermutung, dass sie das möglicherweise gespielt hätte, weil sie Jip-en-Janneke-Kinderwein getrunken hatte.

Die Mutter fragte, ob sie sich die Flasche vielleicht einmal ansehen dürfe.

Wir gingen zum Kühlschrank. Darin stand eine halb leere Flasche Fruchtwein vom Lidl, aber von Kinderwein keine Spur. Dieser schien noch völlig unberührt im Flurschrank zu stehen.

»Ich fürchte fast, dass ich das gestern verwechselt habe.«

Fridas Mutter studierte die Flasche.

»Zwölf Prozent Alkohol, das erklärt eine Menge. Frida war einfach betrunken. Herr Groen«, fuhr sie mit erhobenem Zeigefinger drohend fort, »Kinder betrunken zu machen ist strafbar, wissen Sie das?«

Ich fühlte, wie mir das Blut aus dem Kopf wich.

»Aber ich vergebe Ihnen. Ich habe mich mit Frida gestern schlappgelacht, es war also eine witzige Verwechslung. Beim nächsten Mal aber besser aufpassen, ja?«

Sie kicherte noch ein wenig.

Ich war froh, dass alles noch mal gut gegangen war, war aber auch ein bisschen neben der Spur.

»Möchten Sie vielleicht ein Gläschen Fruchtwein?«, fragte ich.

Sie wollte gern einen Schluck probieren, und ich genehmigte mir auch ein halbes Glas. Wir waren uns einig: Es schmeckte sehr süß und ziemlich ekelhaft.

Montag, 22. Juni

Alle Mann an Deck, es kommt eine Hitzewelle.

In den nächsten Tagen wird es dreißig Grad. Dann gilt für die meisten Bewohner: Rollos runter, Vorhänge zu, Ventilatoren an und so wenig Bewegung wie möglich.

Letzteres gilt nur, falls zutreffend, denn von einigen Personen habe ich den Eindruck, dass sie sich nur dann noch weniger bewegen können, wenn sie tot sind.

Die Schwestern laufen umher, um die alten Leutchen mit Wasser zu versorgen, denn das wird bei allem Geseufze und Gejammere über die Hitze gern vergessen: ausreichend zu trinken.

Ich trage ein keckes Sonnenhütchen und spaziere am Strand, die Füße in der Brandung.

Dienstag, 23. Juni

Null C-Tote gestern. Hurra.

Es hat manchmal den Anschein, als wären die Unheilspropheten, welche teilweise anfangs vor einer riesigen Katastrophe mit bestimmt 300 000 Toten allein in den Niederlanden gewarnt hatten, ein wenig enttäuscht über »lediglich« 6000 Todesopfer. Sie warnen jetzt unablässig vor der zweiten Welle, um die Spannung aufrechtzuerhalten.

Herrlich die Pfoten und Füße gebadet. Fräulein Jansen war mit Frida und ihrem kleinen Bruder schwimmen. Frida, dieser Schatz, hatte mir einen kleinen Klappstuhl mitgebracht, damit ich gemütlich sitzend zuschauen konnte. Leonie saß ein bisschen weiter auf einer Terrasse. Sie fürchtet sich vor Quallen an den Zehen und verträgt die Sonne nicht so gut.

Als die Kinder wieder zu mir kamen, mussten sie furchtbar lachen.

Ich hatte keine Ahnung weshalb und war ein bisschen beleidigt.

»Du siehst aus wie ein Clown, Opa.«

Es stellte sich heraus, dass ich mir an einigen Stellen Sonnenbrand geholt hatte. Kurz abgelenkt und dann das Eincremen vergessen.

Zur Feier des Tages spendierte Leonie uns ein riesiges Softeis, das gerade noch so auf das Waffelhörnchen passte. Ich wurde natürlich wieder ausgelacht, weil ich überall Eiscreme hatte. Kurzum, ein herrlicher Tag.

Mittwoch, 24. Juni

Was für eine Überraschung: Heute Vormittag stand Edward auf einmal vor mir.

Er kam zur Kaffeezeit in den Gemeinschaftsraum spaziert. Leonie schlug die Hände vor den Mund und flog ihm dann um den Hals. Ich fühlte Tränen in mir aufsteigen, als er mich an der Schulter packte und meinte: »Hallo, Hendrik, ich wollte dich noch einmal in guter Verfassung sehen.«

Zumindest habe ich mir das aus seinen nur zur Hälfte verständlichen Worten zusammengereimt.

Es war ihm sehr nahegegangen, als ich während der letzten Versammlung von meiner rasant fortschreitenden Demenz berichtet hatte. Bereits um halb acht Uhr in der Frühe war er aus der Provinz Het Gooi aufgebrochen und drei Stunden lang mit öffentlichen Verkehrsmitteln unterwegs gewesen. Nur um Leonie und mich zu sehen.

Wir haben herrlich miteinander geplaudert, dabei geht natürlich immer ein wenig Zeit drauf, weil man ihn so schlecht versteht.

Auf den Kaffee folgte nahtlos das Mittagessen, dann ein Strandspaziergang mit dem Hund; anschließend haben wir den Tee ausgelassen und sind direkt zu Wein mit Kroketten auf der Terrasse einer Bar übergegangen.

Was für ein netter Kerl Edward doch ist.

»Vadamm, imu schowieda weg« (verdammt, ich muss schon wieder weg), rief er bestürzt, als er um fünf Uhr auf die Armbanduhr blickte.

Er drückte mich fest.

»Sumdeufe midden anathal Medan!« (Zum Teufel mit den anderthalb Metern!)

Alten Menschen alles zu nehmen, was ihnen wichtig ist, damit sie nicht sterben, nur um so zu erreichen, dass diese alten Menschen nichts anderes mehr wollen, als zu sterben. Darauf lief es laut Edward hinaus.

»Düfe ia bitte sella entschein obwi as isiko eineen?« (Dürfen wir bitte selber entscheiden, ob wir das Risiko eingehen?)

Wir haben einander lange und fest umarmt.

Er will ab jetzt einmal im Monat vorbeikommen.

Donnerstag, 25. Juni

Ich wollte Aafke zum Essen rufen, konnte sie aber nirgends finden. Ich geriet völlig in Panik. Vor allem, als ich den Teich im Garten bemerkte.

Da rief eine Frau mir etwas aus einem Fenster zu.

Ich fragte, ob sie Aafke gesehen hätte. Sie wusste nicht, wer das war, und wollte ihrerseits wissen, was ich in ihrem Garten täte.

Ich schaute mich um. Ich stand tatsächlich in einem Garten und zufällig auch noch auf ein paar Pflanzen. Einen Moment lang war ich völlig durcheinander und wusste nicht, wie ich dorthin gekommen war.

Die Frau war inzwischen nach unten gekommen und lief verärgert auf mich zu.

»Und jetzt raus aus meinem Garten. Sofort, oder ich rufe die Polizei.«

Ich versuchte, sie noch zu besänftigen; vergebens.

»Ich dachte, ich hätte meine kleine Tochter hierherlaufen sehen.«

»Sie sind viel zu alt, um eine kleine Tochter zu haben. Außer Ihnen ist hier niemand im Garten, und Sie machen jetzt, dass Sie fortkommen.«

Ich entschuldigte mich vielmals, aber das beruhigte sie keineswegs.

»Raus, sofort!«

Das schien auch mir das Beste zu sein, wir waren also gar nicht so unterschiedlicher Meinung.

Noch eine ganze Weile war ich ziemlich verwirrt. Ich war wohl beim Gehen in Tagträume verfallen.

Samstag, 27. Juni

Jojo ist von seinem Secret Friend für die Zeit nach Corona auf eine Tasse Tee eingeladen worden.

Ihm war nicht ganz wohl dabei.

»Was soll ich tun, Hendrik? Es gibt hier mindestens zwanzig Personen, mit denen ich lieber keinen Tee trinken würde.«

»Das Einzige, was du weißt, ist, dass dein Secret Friend das sehr wohl gern mit dir tun würde. Aber in der Tat, es ist ein Wagnis.«

»Wäre es sehr unhöflich, die Einladung abzulehnen?«

»Ja, das wäre wirklich unhöflich«, antwortete ich, »und vielleicht will diejenige ja auch noch mehr …«

»Zum Beispiel?«

»Küssen. Und sich an dich schmiegen. Du bist noch ziemlich attraktiv, Jojo. Ich sehe immer wieder, wie dir die Damen lustvoll auf den Hintern schauen, wenn du den Saal verlässt.«

»Wirklich?«, fragte Jojo ungläubig.

»Nee, natürlich nicht, mein Freund. Das hättest du wohl gern.«

Jojo lächelte liebenswürdig. »Ich krieg dich noch mal, Hendrik.«

Die Sonnenblumensamen, die ich von meinem Secret Friend bekommen habe, sind gekeimt und bereits zwanzig Zentimeter hoch. Ich habe auf WhatsApp ein Foto davon geteilt. Offenbar hatten viele Senioren bloß auf eine nette Idee gewartet, die sich leicht nachahmen ließ, denn in den darauffolgenden Tagen wurden einige Samentütchen verschenkt.

Das wird ein farbenfrohes Seniorenheim werden.

Aber das Schönste am Secret-Friend-Spiel ist, dass die Mitbewohner einander aufmerksamer begegnen und versuchen, sich gegenseitig zu überraschen. Es bringt jede Menge Frohsinn ins Haus.

Sonntag, 28. Juni

Die Dinge, die mir wichtig sind, habe ich zurzeit immer im Körbchen meines Rollators bei mir: Schwamm und Kreiden, Springseil, Everts Kaffeetasse, Eefjes Vogel, Aafkes Puzzle.

Dann kann nichts verloren gehen.

Mitunter wirft jemand einen erstaunten Blick in das Körbchen, denn ein Fremder begreift natürlich nicht, warum mir diese Dinge am Herzen liegen. Ich fange auch gar nicht erst damit an, es zu erklären.

Montag, 29. Juni

Der Mülleimer stank, also musste der Beutel gewechselt werden, ich konnte aber nirgends einen neuen finden. Ich beschloss, mir bei Jojo einen zu borgen, denn zu Jojos Zimmer war es näher als zu Leonies.

Ich klopfte wie immer an und ging hinein, ohne eine Antwort abzuwarten, denn oft hört er mich nicht.

Drinnen war es stockdunkel, Jojo lag im Bett.

Leise ging ich zu ihm und rüttelte ihn an der Schulter.

»Bist du krank, Jo?«

Er erschrak heftig und blickte sich etwas panisch um.

»Was machst du hier?«

»Ich bin gekommen, um mir einen Müllbeutel auszuleihen. Ich wusste nicht, dass du krank bist.«

»Ich bin nicht krank, Hendrik, es ist …«, er sah auf den Wecker, »… vier Uhr in der Nacht.«

Ich verstand nicht. Ich hatte doch vorhin auf die Uhr geschaut, und bei mir zu Hause war es vier Uhr am Nachmittag. Mein Freund machte bestimmt einen Scherz.

»Nein, Hendrik, schau aus dem Fenster, es ist stockfinster. Es ist Nacht.«

Es war tatsächlich dunkel, merkte ich, als ich die Vorhänge ein wenig zurückschob.

»Es war nur ein Witz, Jo. Entschuldige, kein sehr netter Witz. Es tut mir leid, dass ich dich geweckt habe.«

Jojo fand es nicht weiter schlimm, er war so unerschütterlich wie immer. Er setzte uns Teewasser auf.

Wenig später tranken wir mitten in der Nacht gemeinsam Tee.

»Hör mal auf, die ganze Zeit den Kopf zu schütteln, Hendrik, irren ist menschlich«, tröstete er mich.

»Du hast einen schönen Pyjama, Jojo.«

»Das ist echte Seide.«

Als ich wieder in meinem Zimmer war, warf ich, kurz bevor ich zu Bett ging, einen Blick nach draußen. Es war immer noch finster. Ich brauche dringend eine neue Uhr.

Dienstag, 30. Juni

Ich wollte Edward mit einem spontanen Gegenbesuch überraschen. Er wohnt in einem Seniorenheim in Bussum. Oder vielleicht war es auch Hilversum. Ich fuhr in der Frühe mit dem Bus und dem Zug hin. Eigentlich wollte ich Leonie mitnehmen, weil sie die Wege immer so gut kennt, aber ich konnte sie nicht so schnell finden und hatte keine Lust, auf sie zu warten oder sie zu suchen. Und, dachte ich mir, so viele Seniorenheime dürfte es in Bussum doch nicht geben.

Aber dann sagte der Schaffner plötzlich Den Helder an. Da war ich zwar in den richtigen Zug gestiegen, aber wohl in die verkehrte Richtung. Eine ganze Weile später war ich wieder in Alkmaar, und inzwischen war es zu spät, noch zu Edward zu fahren, also habe ich den Bus zurück nach Bergen aan Zee genommen. Jemand hatte die Haltestelle des Busses verlegt, es kostete mich viel Mühe, sie zu finden.

Schließlich war ich um zwei Uhr wieder im Seniorenheim. Dort waren sie verärgert, weil ich niemandem erzählt hatte, wo ich hinwollte.

»Ich habe noch nach Leonie gesucht, um sie zu fragen, ob sie mitkommt, aber sie war nicht da«, entschuldigte ich mich. »Und ich mag vielleicht ein wenig vergesslich sein, aber ich stehe durchaus noch auf eigenen Beinen.«

Später kam Frau Schuttevaar bei mir vorbei und bat mich, beim nächsten Mal doch bitte dem Portier Bescheid zu sagen, wohin ich ginge und wie lange ich wegzubleiben gedachte.

»Das soll keine Kontrollmaßnahme sein, Herr Groen, aber dann braucht sich niemand Sorgen zu machen. Das müssten Sie als ehemaliger Lehrer doch verstehen.«

Und damit hatte sie recht.

»Kontrollieren heißt nicht misstrauen«, erklärte ich früher immer, wenn ich die Entschuldigungsschreiben von den Eltern meiner Schüler einholte.

Mittwoch, 1. Juli

Ich glaube, selbst die Bewohner unseres Seniorenheims haben die Corona-Angst ein klein wenig überwunden. Sie trauen sich wieder häufiger aus ihren Zimmern. Der Gemeinschaftsraum wird zum Kaffee und Tee wieder etwas voller. Die Leute reagieren nicht mehr so verstört, wenn jemand unbeabsichtigt zu nahe an ihnen vorbeigeht. Ein paar Leute tragen noch Mund-Nasen-Schutz. Was besonders amüsant ist, wenn sie gerade nicht daran denken und einen Keks knabbern wollen.

Herr Jojo hängt noch immer täglich seine Coronazahlen an die Pinnwand.

Gestern lag das Risiko, in den Niederlanden an C zu versterben, laut Herrn Jojo bei eins zu drei Millionen.

Zu allem Überfluss stand daneben: »Es handelt sich hier um gerundete Zahlen.«

Die Berichte bleiben inzwischen meist einige Tage hängen. Wir wissen noch immer nicht, wer anfangs ständig seine beruhigenden Zahlen entfernt hat.

Es steht natürlich jedem frei, sich zu fürchten, aber eins zu drei Millionen scheint mir ein hinnehmbares Risiko zu sein, selbst wenn man zu einer Risikogruppe gehört und das tatsächliche Risiko somit vielleicht bei eins zu zwei Millionen liegt.

Herr Jojo wird nicht müde zu erklären, dass drei Millionen Menschen sechzig ausverkauften Johan Cruijff ArenAs entsprechen. Um uns allen eine Vorstellung von dieser Zahl zu geben.

»Das sagt mir nix«, meinte Frau Scholten, »ich war noch nie in der ArenA.«

Geduldig erkundigte sich Herr Jojo, was denn die größte Gesellschaft gewesen sei, in der sie je verkehrt habe. Sie antwortete, sie hätte in der Reformierten Kirche vielleicht schon mal mit hundert anderen zusammengesessen.

»Drei Millionen entspricht dann dreißigtausend Kirchen«, rechnete ihr Jojo vor.

»Dreißigtausend Kirchen, darunter kann ich mir wirklich gar nix vorstellen«, quakte die Scholten.

Die Spannung steigt: Heute Nachmittag, fünfzehn Uhr, gibt Lidy die Namen der jeweiligen Secret Friends bekannt.

Donnerstag, 2. Juli

Die Teilnehmer hatten sich fast ausnahmslos im Speisesaal versammelt, an die dreißig Personen. Zum ersten Mal seit Monaten herrschte wieder geselliges Treiben, auch wenn immer noch viel Theater um die anderthalb Meter Abstand gemacht wurde, bei all den nervösen alten Menschen auf einem Haufen. Frau Diks, die unvermittelt einem vorbeifahrenden Rollator ausweichen musste, plumpste jählings auf Frau Alberts Schoß, die wiederum lauthals fluchend eine halbe Flasche Desinfektionsmittel über sich versprenkelte, während die Diks nicht aufhörte zu rufen, dass sie sich sehr gut fühle und gar kein Fieber habe.

Um kurz vor drei betrat Lidy den Speisesaal. Jemand begann zu klatschen, und alle fielen spontan ein. So viel Begeisterung ließ Lidy erröten.

»Guten Tag, meine lieben Damen und Herren. Ich bin direkt ein wenig gerührt. Ich glaube, das war die schönste Aktivität, die ich in diesem Heim je begleiten durfte. Und das in diesen Zeiten. Oder vielleicht gerade in diesen Zeiten, weil wir momentan ein so enormes Bedürfnis nach Freunden haben. Nach Menschen, die …«

Frau Alberts hob den Finger. »Könnten Sie vielleicht zur Sache kommen, ich muss nämlich dringend aufs Klo.«

»Ja, natürlich. Also dann … los.«

Sie nahm ein Blatt Papier zur Hand und setzte die Lesebrille auf.

»Ich lese immer zuerst den Namen des Secret Friend vor und dann, zu wem er gehört. Zunächst zur ersten Gruppe. Frau Alberts war die Heimliche Freundin von Frau Wagenaar. Herr De Zeeuw der Freund von Frau Beekhoven. Frau Staverman die Freundin von Frau Diks.«

Verflixt, ich lag total daneben. Ich war davon überzeugt gewesen, dass Frau Staverman meine heimliche Freundin war.

Kurz darauf verkündete Lidy: »Herr Handjojo war der Freund von Herrn Groen.«

Nein, da bleibt mir doch die Spucke weg. Jojo! Dieses hinterhältige Schlitzohr!

Er saß neben mir am Tisch und sah mich mit breitem

Grinsen an. Dann drehte er mir eine lange Nase. Mein untadeliger Freund Jojo hatte mich mit seinen von Rechtschreibfehlern übersäten Briefchen auf eine komplett falsche Fährte gelockt und lachte mir jetzt schadenfroh ins Gesicht!

Großartig! Welch gelungene Pointe.

Kurz darauf wurde mein Name verlesen.

»Herr Groen war der Freund von Frau Sliedrecht.«

Ich blickte zu ihr und sie zu mir.

Sie schien im siebten Himmel zu schweben. Wenig später scharwenzelte sie auf mich zu.

»Oh, Herr Groen, was für schöne Gedichte Sie mir geschrieben haben. Ich habe sie über mein Bett gehängt.«

Sie setzte sich zu mir an den Tisch, und ich bekam sie beinahe nicht mehr los. Nicht, dass sie viel redete, aber sie starrte mich die ganze Zeit an. Schließlich habe ich mich mit einer Ausrede aus dem Staub gemacht. Ich habe wohl noch eine Freundin fürs Leben dazugewonnen und fürchte, dass sie mir nun auch noch einen Pullover stricken wird.

Wie sich zeigte, war Leonie die beste Freundin des Kochs gewesen. Deshalb hatte sie zweimal ein Rezept erhalten. Sie war hocherfreut und lief sofort zu ihm, um sich persönlich zu bedanken.

»Ein bester Freund in der Küche kann niemals schaden, Hendrik«, erklärte sie mir augenzwinkernd, »jetzt habe ich eine gute Ausrede, um in die Küche zu gelangen. Ich werde ihm gleich mal etwas Honig um den Mund schmieren.«

Freitag, 3. Juli

»Gehört dieser Hund Ihnen?«

Der Portier hatte mich nach unten rufen lassen, wo ein Mann mit meinem Fräulein Jansen an der Leine stand.

Ich kapierte gar nichts. Lag er nicht gerade oben in seinem Korb?

»Er war mit der Leine an einem der Hundehaken vor dem Supermarkt festgemacht. Ich wohne hier in der Straße und habe Sie oft mit ihm laufen sehen, also dachte ich, ich bringe ihn kurz zurück. Hatten Sie ihn vergessen?«

»Nee, ich musste, glaube ich, zu Hause etwas holen. Ach verdammt, ich weiß es nicht mehr. Wie ist das nur möglich?«

Ich bedankte mich bei dem Herrn.

Fräulein Jansen schien nicht allzu sehr darunter gelitten zu haben. Fröhlich wedelnd lief er mit mir mit.

Den Hund vergessen. Wie kann ich nur meinen Hund vergessen?

Samstag, 4. Juli

»Ich würde gern etwas mit Ihnen besprechen, Herr Groen.«

Frau Schuttevaar hatte mich gebeten, in ihr kleines Büro zu kommen.

»Oh … was denn?« Ich stellte mich, wider jedes bessere Wissen, dumm.

»Ihre Vergesslichkeit. Sie scheint doch etwas zugenommen zu haben, wenn Sie beim Gassigehen den Hund vergessen.«

»Der Portier hat mich wohl verraten? Ich war nur kurz beim Einkaufen. Ich wollte … Ich wusste nicht mehr, wo Fräulein Jansen war … Es war ein Versehen.«

Ich schämte mich zutiefst und fühlte mich elend.

Frau Schuttevaar tröstete mich. »Lieber Herr Groen. Sie können nichts dafür. Es ist dieser schreckliche Alzheimer. Und der Portier hat Sie nicht verraten, sondern ist, ebenso wie ich, einfach nur besorgt.«

Sie schenkte mir eine Tasse Tee ein.

»Ich habe auch schon mit Frau Van der Horst gesprochen und gehört, dass Sie eine kleine Freundin haben, die Ihnen oft beim Gassigehen behilflich ist.«

Es lief, mit vielen schönen Worten, darauf hinaus, dass sie der Ansicht war, ich könnte mich nicht mehr gut um Fräulein Jansen kümmern, und dass sie ihn mir wegnehmen wollten.

Aber ich kann nicht ohne ihn sein. Man schaue sich nur seine Hundeaugen und die flatternden Ohren an. Oder höre hin, wie er ganz leise fiept, wenn er in seinem Körbchen schläft. Dann träumt er von Bällen, denen er hinterherjagen kann, oder von Leberwurst.

Sonntag, 5. Juli

Nach langem Drängen musste Leonie es zugeben: Das, was im Tagebuch steht, entstammt langsam, aber sicher mehr ihrer Feder als meiner.

»Aber nein, Hendrik, ich lese deine Einträge weiterhin mit großem Vergnügen«, beharrte sie zunächst noch.

»Vergnügen, weil sie voller amüsanter Fehler sind oder weil sie so unzusammenhängend sind?«

Nun, es sei alles halb so schlimm, hie und da sei etwas zu ergänzen oder umzuschreiben, manchmal etwas hinzuzufügen.

Es ist überhaupt nicht halb so schlimm. Ich verglich gestern eine Passage, die ich geschrieben hatte, mit dem, was Leonie später daraus gemacht hatte, und es war kaum noch wiederzuerkennen.

»Ist das denn sehr schlimm, Hendrik?«

Ich weiß nicht mehr, ob das sehr schlimm ist. Es gibt so vieles, was ich nicht mehr weiß. Ich bin auch manchmal so müde.

Montag, 6. Juli

Ich krieg die Sliedrecht nicht mehr los. Seit der Enthüllung, dass ich ihr Secret Friend gewesen bin, setzt sie sich dauernd zu mir an den Tisch. Sie sitzt dann nur da, denn man kann mit ihr kein normales Gespräch führen. Nur über Stricken und Handarbeiten kann sie plappern, aber dabei schlafe ich sofort ein. Vielleicht wäre das eine Idee: sofort einzuschlafen, wenn sie sich nähert. Eine höfliche Art und Weise, ihr mitzuteilen: Gehen Sie ruhig wieder zurück in Ihre eigene Ecke.

Ich bin doch immer noch viel zu sehr der brave Hendrik, als dass ich sie auffordern würde, sich zu verziehen, weil sie mir auf die Nerven geht. Ob ich vielleicht Jojo bitten könnte, ihr »insgeheim« anzuvertrauen, dass ich möglicherweise C habe?

Ich habe schon das Gefühl, dass die Frauen hier hinter mir her sind; ich krieg den ganzen Tag Komplimente.

»Wie gut Sie heute aussehen, Herr Groen.«

»Wie schön Sie die Dinge ausdrücken können, Herr Groen.«

»Sie sind noch ganz schön fit für Ihr Alter, Herr Groen.«

»Schöner Spenzer, Herr Groen.«

Ja, vielen Dank, meine Damen, aber würden Sie mich bitte wieder in Ruhe puzzeln lassen?

Leonie hat mich für morgen zum Essen eingeladen. Ich wollte wissen, warum.

»Einfach so, weil du so ein netter Kerl bist.« Ob ich meinen guten Anzug anziehen könnte.

Ich fragte sie, in welches Restaurant wir gehen würden. Da fing sie ein wenig zu stottern an. Sie meinte, das sei eine Überraschung.

Ich glaube, sie weiß einfach selbst noch nicht, wo wir essen werden.

Zum Glück gehen wir schon mittags. Das ist auch besser so, denn abends nickt mein alter Kopf gern mal über dem Dessert ein, vor allem nach ein paar Gläsern Wein. Kein schöner Anblick, so ein ergrauter Kopf in einer Dame Blanche.

Donnerstag, 9. Juli

Es war ein sonderbarer, aber wunderschöner Tag. Ich war davon so durcheinander, dass ich zwei Tage gebraucht habe, um wieder einigermaßen klar zu werden.

Ich fange jetzt erst an, es ansatzweise zu begreifen und wertzuschätzen. Es war alles so liebevoll.

Nichts ahnend, ordentlich gewaschen und gestriegelt, wartete ich auf Leonie. Eine Stunde zuvor hatte Frida Fräulein Jansen abgeholt und wollte sich den Rest des Tages um ihn kümmern. Als sie wegging, lächelte sie mir ein wenig verschmitzt zu.

Um zwölf Uhr kam Leonie.

»Vielleicht zieht sich das Essen ein wenig hin, Hendrik, es wäre wohl vernünftig, ein paar zusätzliche Windeln mitzunehmen.«

Mir kam es zwar ein wenig komisch vor, aber ich weiß, dass ich Leonie vertrauen kann, also steckte ich zwei Windeln in meine Tasche. Neben meinen Schulsachen und Aafkes Spielzeug war noch Platz.

»Wie lange dauert das Essen?«, erkundigte ich mich.

»Ungefähr bis sechs Uhr.«

»Muss ich sechs Stunden lang essen?«

Sie winkte ab. »Keine Sorge, Hendrik, alles gut.«

»Ist es weit zu laufen?«

»Wir fahren mit dem Bus.«

Von welchem Bus sprach sie? Keine Ahnung.

Unten parkte tatsächlich ein Kleinbus vor der Tür. Daneben stand ein junger Mann.

»Ah, Herr Groen, nett, Sie wiederzusehen.« Er kannte mich offenbar.

»Hallo, junger Mann. Entschuldigung, ich komme gerade nicht auf Ihren Namen.«

»Ich bin Stef, Sie wissen schon, von Grietje.«

Mir dämmerte es langsam. War dieser junge Mann nicht in Frankreich dabei gewesen?

»Los geht's!«, rief Leonie vergnügt.

»Ja, los geht's!«, rief also auch ich.

Nach einem Weilchen hielt der Bus, und zu meiner großen Verblüffung stiegen Ria und Antoine ein. Ich erkannte sie zunächst nicht, weil sie einen Mundschutz trugen.

Sie waren ebenfalls überrascht. »He, Hendrik, du hier?«

Aber auf einmal begriff ich: Es war natürlich ein Ausflug von Alanito.

Und tatsächlich, kurz darauf stiegen auch Edward und Graeme zu.

»Nett, oder? Jetzt fehlt nur noch Evert.« Ich sagte es, ohne nachzudenken, und sah an den Gesichtern, dass etwas nicht stimmte.

»Evert ist tot, das weißt du doch, oder?«, fragte Leonie behutsam.

Hatte ich mich vertan?

Ich wand mich mit einem Scherz heraus: »Nee, Evert schafft es heute nicht mehr. Ich habe ihn neulich noch auf dem Friedhof gesehen. Da habe ich mir einen Platz in seiner Nähe ausgesucht.«

Zum Glück wurde ein wenig gelacht.

Es war ein ganzes Stück zu fahren, und als wir anhielten, hatte ich keine Ahnung, wo wir waren.

»Amstam Ord, da sin wa ida!«, rief Edward.

Amsterdam-Nord also. Ich bin hier bestimmt schon mal mit dem Elektromobil unterwegs gewesen.

Wir sind irgendwo reingegangen, wo wir uns alle erst mal an einem Desinfektionsspender die Hände reinigen mussten. Dann begaben wir uns in einen ziemlich großen Saal. Die Tische und Stühle standen ganz schön weit auseinander.

»Andernfalls hätten wir den Saal nicht mieten dürfen«, erklärte Leonie.

»Hast du ihn denn gemietet?«, wollte ich wissen.

Nein, Alanito hatte ihn gemietet.

Eine Frau war emsig damit beschäftigt, Luftschlangen aufzuhängen. Als sie mich bemerkte, kam sie auf mich zu und gab mir beide Ellenbogen.

»Wie schön, Sie wiederzusehen, Herr Groen. Sie sehen keinen Tag älter aus.«

Zum Glück erkannte ich sie. Es war die Frau, die in unserem ehemaligen Heim alles für uns organisiert hatte. Ich wusste nur nicht mehr, wie sie hieß.

»Was für eine Freude. Ich vermisse Sie übrigens sehr in meinem neuen Heim«, antwortete ich, und sie strahlte über das ganze Gesicht.

Und es wurde immer verrückter, denn dann fiel mein Blick auf Frau Lacroix mit ihrem Mann. Was taten die denn hier? Sie winkten mir zu und streckten die Daumen hoch. Ich winkte zurück.

Immer mehr Menschen strömten herein. Ich erkannte sie zwar, zumindest die meisten, nur die Namen …

»Es ist eine Versammlung, Hendrik. Alanito hat für dich eine Versammlung mit den Menschen aus unserem alten Heim organisiert. Wir dachten, das könnte dir gefallen«, flüsterte mir Leonie ins Ohr. »Oje, wir müssen ja Abstand halten«, meinte sie plötzlich ein wenig erschrocken, »sonst kann die Feier nicht stattfinden.«

Es war also eine Feier.

»Sehr lieb von euch, nur, äh … ich weiß nicht mehr so genau, wer das alles ist.« Ich klang, glaube ich, ein wenig ängstlich, denn Leonie beruhigte mich sanft.

»Ich flüstere dir die Namen schon zu.«

Anja erkannte ich sofort. Gute alte Anja. Ich wollte sie gleich feste drücken, doch das war nicht vorgesehen. Sie stellte sich neben mich und kniff mich immer wieder heimlich leicht in den Arm.

Mit Leonie und Anja an der Seite konnte mir nichts passieren.

Es kam eine ganze Schar Bekannter vorbei, einige davon mit Mundschutz. Der Portier, die Schwester, der Koch, Herr Pot, die Frau, die ständig jammerte, Herr Bakker, die Frau von der Heimleitung, der dunkle Herr und eine Frau, die sagte, dass sie Hanneke hieß.

Und als Überraschung … auch Herr Jojo und Frau Schuttevaar aus Bergen.

Mir wurde ganz warm bei all den Menschen.

Mit von der Partie war nur ein einziges Tier, und darüber habe ich mich vielleicht am allermeisten gefreut, denn da kam Fräulein Jansen in den Saal, Frida an der Leine hinter sich herziehend. Er bellte, sprang an mir hoch, leckte mich ab und legte sich schließlich zu meinen Füßen.

Frida lachte mich an und warf mir einen Luftkuss zu.

Ich war überwältigt von all der Aufmerksamkeit. Zum Glück reichte mir jemand einen Stuhl und ein Glas Wein; konnte ich schnell ein paar ordentliche Schlucke nehmen.

Leonie rief in den Trubel hinein: »Könnten sich jetzt bitte alle setzen und einen Moment still sein? Und bitte den Abstand von anderthalb Metern wahren. Und zur Beruhigung: Die Lüftung ist ausgeschaltet. Ich übergebe jetzt gern das Wort an Antoine.«

Das Gemurmel verstummte.

Antoine erhob sich, faltete ein Blatt auseinander und räusperte sich.

»Verehrter, lieber Hendrik«, sprach er feierlich. »Das hattest du dir natürlich erhofft, dass du endlich einmal im Mittelpunkt stehen würdest.«

Ich hatte mir, ehrlich gesagt, überhaupt nichts erhofft.

Und ich wurde ständig von dem Mundschutz abgelenkt, der an Antoines Ohr baumelte.

Er fuhr fort: »Du hast uns vor einiger Zeit erzählt, dass du Alzheimer hast und das Leben immer schemenhafter wird. Bevor sich der Nebel nie mehr lichtet, haben wir von Alanito, dem berühmt-berüchtigten Alt-aber-nicht-tot-Club, vor ein paar Wochen heimlich beschlossen, ein Treffen zu Ehren unseres geschätzten Mitglieds und Gründers zu organisieren: Hendrik Groen.

Vielleicht war dir das nicht immer bewusst, Hendrik, aber du hast in den letzten fünf, sechs Jahren unseres Lebens eine sehr wichtige Rolle gespielt. Du hast uns gelehrt, dass jemand, der alt ist, nicht nur nicht tot, sondern darüber hinaus auch noch nicht unsichtbar oder gar unwichtig ist. Dass wir wertvolle alte Menschen sind, die etwas zu erzählen haben, die anderen Freude bereiten können und Weisheit verbreiten. Und, nun ja, mitunter auch Dummheit. Menschen, die das Leben und das Beisammensein genießen können. Die nicht weggepackt werden wollen, betüttelt, ignoriert oder einen Maulkorb verpasst bekommen wollen. Die selbst über ihr Leben bestimmen wollen.

Du, Hendrik, warst der große Motor, der große Inspirator.

Und ich warne dich: Du wirst das jetzt nicht, wie sonst immer, höchst bescheiden abwehren. Also sprich mir nach: Ja, Antoine, so ist es.«

Alle sahen mich an.

Leonie stieß mich an: »Jetzt sag schon: Ja, so ist es.«

»Ja, ein wenig ist es wohl so.«

Gelächter. Zum Glück war es witzig.

Antoine nahm die Rede wieder auf.

»Also, werter Hendrik, im Beisein aller Freunde und Bekannten hier und wohl auch unter den Blicken deiner Lieben im Himmel habe ich die Ehre und das Vergnügen, dich für die Ewigkeit und darüber hinaus zum Ehrenmitglied von Alanito zu ernennen.«

Jubel brach los und tosender Applaus. Alles für mich. Ich wusste nicht, wie ich mich verhalten sollte, und winkte einfach allen zu.

Dann wurde mir eine große Urkunde überreicht.

»Darf ich auch noch etwas sagen?«, versuchte Frau Lacroix ein paarmal, sich über den Trubel hinweg Gehör zu verschaffen.

Es dauerte einen Moment, bis ihr Aufmerksamkeit zuteilwurde, denn die Kroketten wurden serviert.

»Ich würde gern, im Namen von Okkie und mir, dem Ehrenmitglied ebenfalls noch etwas überreichen, nämlich ein prachtvolles Porträt von meiner Hand. Hendrik, möchtest du nach vorne kommen und es persönlich enthüllen?«

Ich wurde nach vorne gedrängt und musste an einem Band ziehen, aber nichts geschah. Erst nach dem vierten Versuch und mit ein wenig Unterstützung durch den türkischen Herrn fiel der Vorhang, und ein Gemälde kam zum Vorschein. Ich konnte eigentlich nicht erkennen, was es darstellen sollte, aber Leonie meinte, dass ich es sei. Es wurde eifrig geklatscht.

»Sieht ein bisschen aus wie ein Meerschweinchen«, ertönte es hinten im Saal. Herr Pot war auch da.

Frau Lacroix wollte auch noch eine Hymne singen, aber glücklicherweise stopfte ihr jemand eine Krokette in den Mund.

Mir wurde ein Glas Champagner in die Hand gedrückt, und alle kamen mir mit dem Ellenbogen gratulieren. Evert grinste mir aus seinem Rollstuhl ein Stückchen weiter hinten zu. Eefje gab mir einfach drei Küsschen auf die Wange. Ich weiß nicht mehr, was danach noch alles passiert ist, es wurde mir ein bisschen zu viel.

Ich erinnere mich noch, dass ich im Bus wieder aufwachte und keine Ahnung hatte, wo ich war.

Und jetzt sitze ich in meinem Zimmer und sehe mir die prächtige Urkunde an. In der Ecke steht ein abgrundtief hässliches gemaltes Porträt. Das werde ich nur aufhängen, wenn diese Frau zu Besuch kommt.

Ich danke dir sehr für deine schöne Ansprache, Antoine. Ich habe sie mir gerade durchgelesen und werde sie rahmen lassen. Danke schön, Leonie, dass du das alles fein säuberlich in mein Tagebuch geschrieben hast.

Freitag, 10. Juli

Mein Freund Jojo hat das Sliedrecht-Problem gelöst. Seit er ihr erzählt hat, dass es in meiner Familie Fälle von multipler vaskulärer Schizophrenie gibt und dass die Ärzte sich nicht sicher sind, ob diese ansteckend ist, hält sie gebührenden Abstand.

Sie winkt mir wohl noch den ganzen Tag lang strickend aus der Ecke zu.

Das Risiko, sie könnte dahinterkommen, dass es multiple vaskuläre Schizophrenie gar nicht gibt, erachtet Jojo als sehr gering.

Sie hat mir eine Gute-Besserung-Karte geschickt.

»Lieber Herr Groen, alles Gute für Siewissenschon«, stand in Schönschrift darauf.

Ich habe von meinem Platz aus die Karte in ihre Richtung geschwenkt und den Daumen gereckt.

Samstag, 11. Juli

Gestern Nachmittag fanden in meinem Zimmer die Beratungsgespräche zum Thema Hund statt.

Anwesende: Leonie, Frau Schuttevaar, Frida und ich. Fräulein Jansen selbst durfte auch dabei sein.

Sie wollen mir den Hund wegnehmen. Sie sagen mir das nicht ins Gesicht, aber darauf läuft es hinaus. Sie sind der Meinung, dass ich mich nicht mehr gut um ihn kümmern kann. Und das nur, weil ich ihn ein Mal irgendwo vergessen habe. Und ich hatte ihn, laut Leonie, an einem Tag gleich acht Mal Gassi geführt.

Besser zu oft als zu selten, oder?

Ich denke, dass ich, wenn ich ganz arg aufpasse, noch eine ganze Weile gut für Fräulein Jansen sorgen kann. Vor allem, wenn mir die anderen ein bisschen dabei helfen.

Schwester Schuttevaar schlug vor, die Aufgaben probeweise zu verteilen.

»Der Hund könnte zum Beispiel Montag, Dienstag und Mittwoch bei Ihnen und die restliche Woche bei Frida sein.«

Das war mir viel zu lang. »Dann sehe ich ihn vier Tage nicht.«

»Aber Sie könnten sich in den vier Tagen ja verabreden, um gemeinsam mit Frida und dem Hund am Strand spazieren zu gehen.«

Ich wandte ein, dass Fräulein Jansen ohne mich wohl nicht mit Frida mitgehen würde. Da machten sie die Probe aufs Exempel. Frida nahm die Leine und rief nach Fräulein Jansen. Dieser stand innerhalb von zwei Sekunden wedelnd neben ihr.

»Komm, Fräulein Jansen!«, rief Frida und ging zur Tür.

Er lief hinter ihr her, blieb dann kurz stehen und blickte sich fragend um, ging aber schließlich doch mit Frida mit. An der Tür wedelte er noch kurz mit dem Schwanz, als würde er mir zuwinken, und weg war er.

Fräulein Jansen geht probehalber am Freitagnachmittag zu Frida, und sie bringt ihn Sonntagabend wieder zu mir zurück, seinem echten Herrchen.

»Das ist ein guter Anfang, Hendrik«, meinte Leonie, »mal sehen, wie es läuft. Und du kannst vielleicht am Samstag mit ihm und Frida am Strand spazieren. Oder, Frida?«

Frida nickte heftig.

Ich weiß nicht mehr, wem ich noch vertrauen kann.

Donnerstag, 16. Juli

Das Nachrichtenmagazin *Nieuwsuur* hat es gezeigt: Das Gesundheitsministerium und das Beratergremium haben einen Fehler gemacht, als sie angaben, dass Masken und Handschuhe in Pflegeheimen unnötig und mitunter sogar unerwünscht seien.

»Es waren nur Richtlinien, die Verantwortung lag stets bei den Pflegenden selbst«, maulen die Experten jetzt lahm. Doch inzwischen ist kaum noch lieferbare Schutzausrüstung für die Pflegeheime erhältlich.

Der Minister für Volksgesundheit wird zur Rechenschaft gezogen.

Die hohen Herren der Volksgesundheit mussten außerdem zugeben, dass die sofortige Schließung aller Versorgungs- und Pflegeeinrichtungen in den Niederlanden keine gute Idee war. Im Norden des Landes ist, glaube ich, kein einziges Heim von Corona betroffen. Dennoch waren all die friesischen, Groninger und Drenter Senioren in ihren Zimmern eingeschlossen und verkümmerten.

Beim nächsten Mal werden sie von Fall zu Fall und je nach Region entscheiden. Welch weise Worte.

Co-Autor dieser Passage war mein Freund Herr Jojo.

Er muss, wo nötig, dafür sorgen, dass ich auf Kurs bleibe.

So wird dieses Tagebuch immer mehr zum Ergebnis echten Teamworks.

Samstag, 18. Juli

Mir geht es gar nicht gut. Ich liege schon seit zwei Tagen im Bett. Es fühlt sich an, als hätte ich Fieber.

Ich habe schon ein paarmal versucht, etwas zu schreiben, aber ich bin zu müde.

Montag, 20. Juli

Hendrik hat eine schwere Lungenentzündung.

Ich (Leonie) übernehme in der Zwischenzeit das Tagebuch.

Man fürchtete kurz, es sei Corona, aber der Test war negativ.

Zum Glück, denn sonst hätte er keinen Besuch empfangen dürfen. So kann ich ihn immer vormittags und nachmittags besuchen. Frida, die treue Seele, kommt auch jeden Tag mit Fräulein Jansen vorbei.

Obwohl er kaum auf Besuch reagiert, scheint es ihm dennoch gutzutun.

In den ersten Tagen fantasierte er furchtbar. Überall sah er Menschen und Tiere.

»Vorsicht, nicht auf die Hunde treten, sie könnten beißen!«, hat er bestimmt zehn Mal gerufen.

»Diese Person muss raus aus der Küche, sofort!«

»Eine Schlange, unter der Decke ist eine Schlange!«

Minutenlang redete er mit imaginären Personen. Größtenteils unverständlich, nur hie und da ein erkennbares Wort. Ich hörte die Namen seiner Tochter Aafke, seiner Frau Rosa und von Evert.

»Pass auf!«, schrie er heiser, während er auf dem Bett in die Senkrechte schoss. »Nicht zum Wasser, nicht zum Wasser!«

Der Arzt kommt täglich vorbei.

Hendrik leidet unter einem Delir, meint er. Demente sind dafür besonders anfällig. Ein Delir geht einher mit Gedächtnisverlust, Angstattacken und Desorientierung.

Über den Verlauf seiner Erkrankung traute sich der Arzt keine Aussage zu treffen.

»Herr Groen hat sehr deutlich zu erkennen gegeben, dass er nicht auf die Intensivstation will und auch nicht reanimiert werden möchte, also wird er es größtenteils aus eigener Kraft schaffen müssen. Das Antibiotikum scheint anzuschlagen. Das Fieber ist ein wenig gesunken. Sie sind seine Frau?«

Ich antwortete, ich sei seine Freundin. Oder hätte ich »eine« Freundin sagen sollen?

Die Schwestern sind großartig. So liebevoll und aufmerksam. Sie geben ihm mit einem Strohhalm zu trinken. Tupfen ihm die verschwitzte Stirn und erneuern jeden Tag die Bettwäsche. Dann heben sie ihn kurz auf einen Stuhl neben dem Bett. Einen mageren alten Herrn im Pyjama, dem es warm und kalt zugleich ist und der unzusammenhängend vor sich hin murmelt. Gott, wie leide ich mit Hendrik mit.

Fräulein Jansen ist auch so rührend. Wenn Frida mit ihm zu Besuch ist, schnüffelt er zunächst sanft an Hendrik und legt sich dann an sein Fußende. Dort bewegt er sich kaum mehr.

Beim Aufbruch muss Frida ihn vorsichtig an der Leine zur Tür ziehen. Leise winselnd läuft Fräulein Jansen aus dem Zimmer.

Frida reagiert sehr erwachsen und gefasst. Es trifft sich gut, dass wir gerade erst entschieden hatten, dass der Hund zumindest für einen Teil der Woche bei ihr wohnen soll.

Ich bin froh, dass wir nicht vor der schwierigen Entscheidung gestanden haben, uns im Fall eines medizinischen Notfalls gegen eine Verlegung Hendriks auf die Intensivstation auszusprechen. Das hätte mich in ernste Gewissensnöte gebracht.

Der Doktor hatte mir nämlich anvertraut, dass ein Gummiring mit der Aufschrift »Bitte keine Intensivbehandlung« formell keineswegs rechtskräftig wäre.

Dienstag, 21. Juli

Hendrik absolviert in seinen Halluzinationen ein unglaubliches Programm. Er hat bereits mit Evert Schach gespielt, mit seiner Tochter einen Spaziergang unternommen, mit seiner Frau gekuschelt und ist gleich darauf mit Eefje und dem Hund am Strand spazieren gegangen.

Frida, Jojo und ich müssen uns mit einem vagen Blick des Erkennens zufriedengeben. So sei es denn, unsere Zeit wird wieder kommen.

Mittwoch, 22. Juli

Es geht bergauf. Hendriks Fieber ist gesunken, und er tritt wieder ein wenig mit seiner Außenwelt in Kontakt. Er isst und trinkt gut und schläft viel. Er grüßt jeden Besucher freundlich, bringt aber sämtliche Namen durcheinander. Ich wurde schon Eefje, Rosa und Berend genannt. Niemand weiß, wer Berend ist.

Frida nennt er meistens Aafke und Herrn Jojo Evert oder Pinda. Jojo ist mit allem einverstanden und freut sich über jedes verständliche Wort.

Nur Fräulein Jansen nennt er stets bei seinem richtigen Namen. Es ist rührend, die beiden zusammen zu sehen. Der Hund liegt ruhig zu seinen Füßen, und Hendrik beugt sich hin und wieder nach vorne, um ihm über den Kopf zu streicheln.

Ich habe versucht, mit ihm über sein Tagebuch zu sprechen, aber dafür ist er noch zu verwirrt.

»Mach nur«, sagt er zwar, aber so antwortet er auf alle Fragen.

Es stand kurz zur Debatte, Hendrik möglicherweise auf die Pflegestation zu verlegen, doch unsere großartige Schwester Schuttevaar hat es so lange hinausgezögert, bis es nicht mehr notwendig war.

»Wir schauen uns das noch einen Tag an«, meinte sie stets, wenn der Arzt sie fragte, ob es nicht vernünftiger wäre, wenn Herrn Groen dort aufgenommen würde. »Wir versuchen, die Menschen so lange wie möglich in ihrer vertrauten Umgebung zu lassen, das fördert auch die Genesung«, überzeugte sie den Arzt.

Sie lobte danach jedes Mal das hervorragende Viererteam an »Hilfspflegern«. Damit meinte sie Frida, Jojo, Fräulein Jansen und mich. Ich war insgeheim doch ein wenig stolz.

Samstag, 25. Juli

Es geht ihm jeden Tag ein wenig besser. Vor allem körperlich. Er hat wieder ein wenig Farbe im Gesicht und saß bereits zweimal für eine Viertelstunde in seinem Sessel vor dem Fenster.

Er ist allerdings noch ziemlich durcheinander.

Dienstag, 28. Juli

Ich bin wieder da! Ich kann selbstständig zur Toilette gehen, also sollte ich es auch schaffen, ein wenig zu schreiben. Es geht mir eigentlich sehr gut für jemanden, der gerade eine Lungenentzündung überstanden hat.

Fast zwei Wochen habe ich im Bett gelegen, meint Leonie. Ich kann mich nur noch an die letzten beiden Tage erinnern.

Sie würde sich so etwas doch wohl nicht aus den Fingern saugen?

Ich habe gesagt, dass sie mir Fräulein Jansen so bald wie möglich wiederbringen müssen, ich will unbedingt mit ihm zum Strand. Der Doktor kam zur Visite, um mir zu erklären, dass ich noch ein paar Tage Ruhe bräuchte und nicht mit dem Hund nach draußen dürfe.

»Aber mit dem Hund kurz spazieren gehen, das schon, oder?«

»Nein, auch nicht kurz mit dem Hund spazieren gehen«, verfügte er.

Das schien mir wirklich unsinnig. Ich dachte mir, ich drehe mal, nur um zu üben, eine kurze Runde ums Haus. Ich schaffte es genau bis zum Ende des Gangs; dann musste ich mich auf einen Blumentopf setzen, um nicht umzukippen. Zum Glück bin ich niemandem begegnet. Nach ein paar Minuten Ausruhen traute ich mir den Rückweg wieder zu. Ich habe es gerade so in mein Zimmer geschafft.

Was für ein eigensinniger Kerl du doch geworden bist, Hendrik Groen.

Mittwoch, 29. Juli

Frida ist mit Fräulein Jansen vorbeigekommen. Als ich aufwachte, saßen beide neben meinem Bett. Ich dachte, es wäre mitten in der Nacht, weil die Vorhänge zugezogen waren.

Frida war sehr lieb und erklärte mir, dass es besser für mich sei, wenn ich mir momentan keine Sorgen um den Hund zu machen brauchte. Vielleicht hat sie recht.

Sie hatte für mich Blumen auf dem Grünstreifen gepflückt. Und auch ein paar im Garten, verriet sie mir. Die würden den Anwohnern bestimmt nicht abgehen. Und außerdem war es ja für einen guten Zweck, fand sie. Der gute Zweck war ich.

Morgen kommt sie wieder. Es ist sehr wichtig für mich, etwas zu haben, worauf ich mich freuen kann.

Das Schreiben macht mich todmüde, aber ich muss damit weitermachen.

Donnerstag, 30. Juli

In meinem Kopf geht es heute zu wie im Tollhaus.

Freitag, 31. Juli

Ich habe den Computer auf den Müll werfen müssen, er ging nicht mehr. Ständig schrieb er falsche Buchstaben und Wörter oder löschte einfach so ganze Textpassagen.

Leonie war ziemlich erstaunt, als sie hörte, dass ich den Computer weggeworfen hatte und fortan wieder mit dem Füller schreiben wollte. Sie riss die Augen auf: »Hast du den Computer weggeschmissen? Vor ein paar Tagen funktionierte er doch noch.«

Ich erklärte ihr, dass ich sehr an meinem Füller hing. Dass ich mit ihm schönere Sätze hervorbrächte als mit einer Maschine. Und dass ein Füller zudem viel gehorsamer sei und nicht alles von selbst tue.

Das verstand sie durchaus, aber, so meinte sie: »Das macht meine Korrekturarbeiten allerdings komplizierter. Wäre es für dich in Ordnung, wenn ich den Computer wieder aus dem Müll hole und ihn bei mir aufstelle? Dann schreibst du einfach mit dem Füller, und ich hole mit dem Computer die Fehler heraus.«

Nun ja, ideal fand ich es nicht, denn eine elegante, mit Tinte verfasste Handschrift wirkt doch viel schöner als Gedrucktes, aber gut, ich muss natürlich auf andere Rücksicht nehmen.

Ich blicke jetzt zum Beispiel mit großer Freude auf die von mir frisch geschriebenen Buchstaben.

Samstag, 1. August

Leonie war zu Besuch. Für ihre Verhältnisse war sie recht schweigsam.

»Ist etwas?«

Zögern.

»Sag es ruhig.«

»Ich habe wirklich mein Allerbestes gegeben, Hendrik, aber ich kann es nicht lesen.«

»Was kannst du nicht lesen?«

»Deine Handschrift. Sollen wir uns kurz den Teil von gestern miteinander anschauen?«

Ich hielt es zunächst für Unsinn, aber als sie das Blatt Papier hervorholte, das ich gestern beschrieben hatte, war ich kurz von der Rolle. Ich blickte selbst nicht mehr durch. Gestern war alles noch gut lesbar, und jetzt konnte ich einige Wörter nicht einmal mehr entziffern. Allerdings hatte ich gerade meine gute Brille nicht zur Hand. Sonst hätte ich es bestimmt lesen können.

Leonie eröffnete mir einen neuen Plan. Wenn ich etwas in mein Tagebuch schreiben will, soll ich sie kurz holen und ihr erzählen, was ich auf dem Herzen habe. Daraus macht sie dann sofort verständliche Sätze am Computer.

Auf diese Weise kann ich noch so viel wie möglich mit meinem eigenen Gehirn arbeiten. Wenn man das nicht trainiert, bringt das Gehirn keinen ordentlichen Gedanken mehr zuwege.

Dieser Text ist der erste, der so entstanden ist.

Ich muss dringend zum Optiker, denn das Lesen wird immer mühsamer. Ich sollte wohl besser fernsehen. Aber dabei schlafe ich ständig ein.

Es ist alles sehr verzwickt. Meine Frau sollte sich wirklich besser um mich kümmern.

Sonntag, 2. August

Ich bin wieder so weit erholt, dass ich zum Kaffee- und Teetrinken nach unten gehen kann. Die freundliche Schwester half mir, mit heiler Haut unten anzukommen, denn ich stehe noch recht wackelig auf meinen alten Beinen. Ich muss sagen, dass ich von den meisten Bewohnern begeistert empfangen wurde.

Begeistert nach Art der Senioren, natürlich. Ein paar wenige hielten ängstlich Abstand. Die fürchten, dass mir eine als Lungenentzündung getarnte Coronainfektion in den Gliedern steckt. Oder dass Lungenentzündung ansteckend ist. Es handelt sich um Bewohner, mit denen ich ohnehin nicht gerade dick befreundet bin; wenn sie mir zu nahe kommen, huste ich also einfach ein wenig vor mich hin.

Ich hatte meine Kräfte überschätzt. Nach einer Tasse Kaffee und einem Viertelstündchen Puzzeln war ich todmüde und habe mich wieder ins Bett gelegt.

Montag, 3. August

Ich würde Edward gern einen Gegenbesuch abstatten, aber Leonie findet es vernünftiger, wenn ich erst noch ein wenig zu Kräften komme.

Unsinn, denn es wird jeden Tag besser, und Utrecht ist doch nicht das Ende der Welt.

Oder irgendwo in der Gegend von Utrecht, meinte ich.

Dienstag, 4. August

Die Kinder hören heutzutage viel schlechter als früher. Ich werde strenger mit ihnen sein müssen. Sie reden durcheinander, selbst wenn ich ihnen erkläre, dass sie still sein und den Finger heben müssen, wenn sie etwas sagen wollen.

Aber sie sind zu alt, um in die Ecke gestellt zu werden, fand Jojo. Also habe ich es einfach gut sein lassen.

Nicht ärgern, nur wundern, Hendrik.

Wir arbeiten gerade an einem schönen neuen Puzzle, Jojo und ich. Ein deutsches Dorf mit Fachwerkhäusern. Einige hier haben die Neigung, ungefragt mitzupuzzeln. Das habe ich nicht so gern, weil ich dann auch noch jedes Teilchen kontrollieren muss und die doppelte Arbeit habe.

Wenn ich sie bitte, damit aufzuhören, sind sie häufig beleidigt.

Es ist alles nicht so einfach.

Donnerstag, 6. August

»Du bist aber eigensinnig, Opa.« Es war, glaube ich, nicht scherzhaft von Frida gemeint.

Ich wollte so gern mal wieder mit Frida und dem Hund am Strand spazieren gehen. Leonie war nicht dabei, die war beim Friseur.

Auf halbem Wege war ich gestürzt, trotz meines speziellen Gehstocks für den Strand. Zum Glück bin ich noch gelenkig und breche mir nicht so schnell die Knochen.

Ein Mann kam auf uns zu, um mir aufzuhelfen, aber das war nicht nötig. Ich konnte durchaus aus eigener Kraft wieder aufstehen. Da meinte Frida, dass ich eigensinnig sei, und so habe ich mir helfen lassen, denn sie war doch sehr erschrocken.

»Du bist jetzt schon drei Mal gefallen, Opa. Ich traue mich nicht mehr, mit dir spazieren zu gehen.«

An drei Mal kann ich mich nicht erinnern. Ich glaube, das sagte sie nur zu meinem Besten. Aber mir fehlt nichts.

Samstag, 8. August

Das Elektromobil war am Strand nicht gerade das Gelbe vom Ei. Aber mir blieb keine andere Wahl, denn Frida und Leonie wollten ansonsten nicht mehr mit mir am Strand spazieren gehen.

»Erstens kriegen wir dich nicht mehr hoch, wenn du fällst, und zweitens haben wir fürchterliche Angst, dass du dir etwas brichst, Hendrik«, hatte Leonie mir bestimmt drei Mal erläutert. Ich fand es zwar übertrieben, aber ich wollte nicht streiten, also habe ich das Elektromobil genommen.

An manchen Stellen ist der Sand sehr fest, dann wieder unvermittelt weich.

Ich sagte noch, dass ich besser hätte laufen sollen, denn als ich umdrehen wollte, um zurückzufahren, bin ich stecken geblieben. Jeder wollte mitmischen. Es waren mindestens fünf Personen, die da an meinem Gefährt zogen und schoben. Und mindestens zehn weitere sahen kopfschüttelnd zu. Frida und Leonie waren ein bisschen böse auf mich. Zum Glück war da noch jemand, der das alles sehr spaßig fand: Fräulein Jansen.

Donnerstag, 11. August

Lieber Hendrik,

gestern kam ich in dein Zimmer. Du hast an deinem Schreibtisch gesessen und hast mich, dachte ich, nicht gehört.

Deine Hand mit dem Füller schwebte sekundenlang über dem Papier, wurde abgelegt und wieder gehoben. Es entstanden ein paar Kritzeleien. Kaum Buchstaben. Du starrtest vor dich hin.

Dann legtest du den Füller weg und drehtest dich um.

»Ich schaffe es nicht mehr, Leonie. Schreib du es bitte weiter, du weißt besser als ich, wer ich bin und was ich will.«

Du hast dir eine Träne weggewischt und mich angelächelt.

Ich habe noch ein letztes Mal versucht, dich davon zu

überzeugen, dass du weiterschreiben musst, allerdings wider besseres Wissen. Schreiben ist für dich allmählich von einer Freude zu einer Qual geworden. Zu einer Konfrontation mit deiner Ohnmacht.

»Nein, Leonie, es ist schön gewesen.«

Ich werde, wie wir es vor ein paar Monaten besprochen haben, dein Tagebuch für dich zu Ende führen. In deinem Geist und mit deinen Worten. Ich weiß noch nicht, wann es an der Zeit ist, das letzte Wort zu Papier zu bringen. Wir werden sehen.

Mittwoch, 12. August (von Leonie)

Was für ein Aufruhr!

Nachdem die Medien über die Rolle der Lüftung bei der Verbreitung von Viren berichtet hatten, waren sich einige Bewohner sicher: »Unser Lüftungssystem pumpt das C-Virus so lange in der Gegend herum, bis wir alle tot sind.«

Frau Scholten und Frau Brioche, just die verbiestertsten und verschrobensten Mitbewohnerinnen, haben eine Aktionsgruppe gegründet:

STOPPT DIE LÜFTUNG! JETZT!!!

Herr Blekemolen sah sich gezwungen, eine Informationsveranstaltung im Speisesaal abzuhalten, um uns allen höchstpersönlich zu erklären, dass wir über ein äußerst hochwertiges Lüftungssystem verfügten, welches die Luft von außen ansaugt und kühlt, anstatt die Temperatur der Innenluft zu senken, um sie danach erneut in den Räumen zirkulieren zu lassen.

Herr Blekemolen glaubte, die beste Art, zu Tode verängstigte Hochbetagte zu beruhigen, bestünde darin, sie wie Kindergartenkinder zu behandeln. Aber der Inhalt war deutlich. Herr Jojo fasste ihn folgendermaßen zusammen: Unsere Lüftung ist sicher, es sei denn, es husten draußen ein paar Coronapatienten ausgiebig in die Luftzufuhr.

Die Aktionsgruppe ließ sich davon nicht so leicht überzeugen.

Sie forderten dazu auf, ein »technisches Büro« einzuschalten. Das klingt vertrauenerweckend. Mit sichtbarem Widerwillen sagte Blekemolen zu, fachkundigen Rat einzuholen.

Ob die Lüftung bis dahin abgeschaltet werden könnte?

Seufzend versprach der Heimleiter, das System ausschalten zu lassen.

Jetzt stehen fast überall die Fenster offen, und es wird über Dutzende Pflänzchen geklagt, die es von der Fensterbank weht. Zudem werden seitdem fortwährend große Pakete in das Heim geschleppt: Ventilatoren in allen Formen und Größen.

Frau Schulz, an sich recht kälteempfindlich, hat gleich drei in ihrem Zimmer. Allesamt auf Stufe 3. Angesichts der sich ergebenden Windstärke 6 zieht sie sich dann eine Jacke an.

»Sie könnten ihn auch etwas niedriger einstellen«, schlug Jojo vor.

Daran hatte sie noch nicht gedacht.

Die Brioche und die Scholten forderten im Namen von STOPPT DIE LÜFTUNG! JETZT!!!, dass das Heim kostenlose Ventilatoren zur Verfügung stellen sollte.

Der Heimleiter, nichts so sehr fürchtend wie schlechte Presse, hat sofort achtzig geordert.

Donnerstag, 13. August

Die Kombination aus abgestellter Lüftung und lang anhaltender Hitzewelle fordert mittlerweile Opfer. Diese Woche sind drei Bewohner verstorben, mehr als bis zum heutigen Tag in der gesamten Coronazeit. Natürlich heißt es, die Hitze sei die Todesursache, aber möglicherweise spielt es auch eine Rolle, dass alle drei Verstorbenen bereits über neunzig waren.

Eine zweite Aktionsgruppe wurde gegründet: KLIMAANLAGE WIEDER EINSCHALTEN.

Der Heimleiter sitzt zwischen den Stühlen.

»In Erwartung der Ergebnisse des hinzugezogenen technischen Büros erachtet die Heimleitung es, im Rahmen seiner maximalen Anstrengungen zugunsten der Sicherheit und Gesundheit unserer Bewohner, bisher als nicht opportun, einem anderen Ansatz zu folgen als der Vorgehensweise, die, mit dem heutigen Wissen und in Absprache mit den Bewohnern, gewählt wurde.« So das Schreiben von Herrn Blekemolen am Schwarzen Brett.

Hendrik starrte minutenlang auf den Aushang, begriff aber kein Wort.

Herr Jojo übersetzte es ihm: Die Klimaanlage bleibt vorläufig aus.

»Ist schon gut«, meinte Hendrik freundlich.

So beantwortet er inzwischen fast alle Fragen und Mitteilungen: »Ist schon gut.«

Freitag, 14. August

Alle schwitzen und japsen nach Luft. Das Fenster zu öffnen bringt kaum Linderung.

Hendrik wird es zu viel.

»Es ist jetzt schon ein Jahr lang fünfunddreißig Grad. Ich werde davon so müde.«

Er hat den Zeitbegriff verloren.

»In ein paar Tagen wird es endlich etwas kühler«, versuchte ich, ihn ein wenig zu trösten.

»Ist schon gut«, antwortete er, verstand aber nicht mehr, wann das sein würde, »in ein paar Tagen.«

Frida hatte in der Zeitung gelesen, dass alte Menschen oft zu wenig trinken, und hat einen Trinkplan für Opa Hendrik erstellt. Sie kommt jeden Morgen mit dem Hund vorbei und stellt fünf Becher Limonade auf der Anrichte bereit. Daneben legt sie fünf Zettel mit der Uhrzeit, wann Hendrik die Becher austrinken soll: 9 Uhr, 12 Uhr, 15 Uhr, 18 Uhr und 21 Uhr. Manchmal kommt sie, um zu kontrollieren, ob Hendrik auch getrunken hat. Das ist oft nötig.

Sehr hingebungsvoll und geduldig lässt sie ihn dann die vergessenen Becher leeren.

»Kleine Schlucke, Opa, sonst bekommst du Bauchschmerzen.«

Hendrik nickt freundlich und trinkt brav.

Jojo und ich helfen beim Trinkplan.

»Bei warmem Wetter müssen Senioren immer gut feucht gehalten werden, sowohl von innen wie von außen«, war ein Lebensmotto von Evert gewesen.

Von außen erledigen wir das, indem wir regelmäßig Hendriks Gesicht und Arme mit einem feuchten, kühlen Handtuch abwischen. Dann sind wir dran. Und trinken ein Glas. Wir sind selbst Teil der Rettungsaktion.

Samstag, 15. August

Das ist es, was ich mir aus Hendriks Erzählung von heute Nachmittag zusammenreimen konnte:

»Ich saß mit Evert beim Schachspielen, und wir hatten beide einen Ventilator auf maximaler Stufe auf das Gesicht gerichtet. Unsere Haare und selbst unsere Wangen flatterten im Wind. Die Schachfiguren wurden ins Zimmer gefegt, und sogar der Wein wehte aus dem Glas.

Eefje sah uns unter schallendem Gelächter zu und schenkte uns stets neuen Wein ein. Ein ganz besonderer Nachmittag war das.«

Samstag, 22. August

Mit meinem lieben Freund geht es bergab.

Unseren Plan, täglich gemeinsam in sein Tagebuch zu schreiben, mussten wir aufgeben. Seine Worte sind unzusammenhängend geworden. Er hat, bis auf wenige klarere Momente, den Begriff für die Welt um ihn herum verloren.

Die Lungenentzündung und die Hitzewelle haben den Prozess enorm beschleunigt.

Zum Glück ist es mittlerweile etwas kühler.

Hendrik verläuft sich oft, wenn er allein zum Gemeinschaftsraum aufbricht, und das tut er mehrmals am Tag.

Der Portier hat die Anweisung, ihn aufzuhalten, wenn er nach draußen will.

»Im Klassenzimmer wartet man auf Sie, Herr Groen.«

Dann antwortet Hendrik: »Vielen Dank, mein Herr«, und kehrt lächelnd um.

Der Portier spricht dann eine Schwester an, die Hendrik im Gemeinschaftsraum an einen Tisch setzt. Nach höchstens einer Viertelstunde steht er wieder auf. »Es hat geläutet. Auf Wiedersehen alle miteinander.«

Ich suche abends seine Kleidung zusammen und hänge sie über den Stuhl. Die Schwester hilft ihm jeden Morgen beim Waschen und Rasieren und weiß meist zu verhindern, dass er eine ganze Flasche Eau de Cologne über sich versprenkelt.

Heute Morgen blickte er in den Spiegel und meinte: »Die jungen Damen würden mich alle durchaus gern auf ihrer Tanzkarte haben.«

Hendrik gibt mitunter noch solch schöne Hendrik'sche Sätze von sich.

Frida kommt weiterhin treu mit dem Hund vorbei. Hendrik streichelt beide und verteilt Kekse.

»Du bist zwar schon verrückt, aber du bist trotzdem noch lieb, Opa«, hörte ich sie sagen, und da musste ich beinahe heulen. Frida legte einen Arm um mich.

»Weißt du, Tante, ich denke, solange Opa nicht weint, brauchen wir auch nicht zu weinen.«

»Gut so, Aafke«, ließ sich Hendrik vernehmen, »tröste deine Mutter nur. Lachen sollen wir. Ha, ha, ha.«

Dienstag, 25. August

Frau Schuttevaar hat ein frei gewordenes Zimmer auf der Pflegestation für Hendrik reserviert. Sie ist gestern mit ihm Arm in Arm dorthin spaziert.

»Schauen Sie, Herr Groen, ist das nicht ein schönes Zimmer?«

Hendrik nickte billigend. »Ist schon gut.«

Dann blickte er sich zufrieden um. »Und auch schön nah bei der Klasse.«

Mittwoch, 2. September

Hendrik ist gestern auf die Pflegestation gezogen.

Ich fühle mich allein.

Donnerstag, 3. September

Hendrik saß für sich an einem Tisch. Ihm gegenüber, an einem zweiten Tisch, saßen drei Mitbewohner. Vor ihm lagen seine Schulkreiden und der Schwamm. Hinter ihm, auf einem Stuhl, war die kleine Tafel. Darauf stand das Sechsereinmaleins.

»Wie viel ist vier mal sechs?«, fragte er seine Schüler. Diese starrten aus dem Fenster.

»Vierundzwanzig, Hendrik«, antwortete ich durch die geöffnete Tür.

Er drehte sich um.

»Sehr gut, Wieteke. Aber es heißt ›Herr Lehrer‹, nicht ›Hendrik‹.«

»Vierundzwanzig, Herr Lehrer.«

Ich durfte mir zur Belohnung einen Sticker aussuchen.

Als Hendrik kurz darauf die Pause ankündigte, bin ich wieder nach Hause gegangen.

Freitag, 4. September

Eine Schwester spielte LPs auf einem alten Plattenspieler ab.

Trea Dobbs, das Cocktail Trio, die Blue Diamonds und, total angesagt, The Moody Blues.

Ein paar wenige starrten ausdruckslos vor sich hin, aber die meisten Bewohner sangen mit oder wiegten sich im Takt der Musik.

»Meine sehr verehrten Hörerinnen und Hörer«, meldete sich der DJ zu Wort, »leider ist das jetzt schon das letzte Lied für heute, aber morgen sind wir wieder für Sie da. Hier ist Anneke Grönloh mit ihrem Welthit ›Heißer Sand‹.«

Heißer Sand und ein verlorenes Land
Und ein Leben in Gefahr
Heißer Sand und die Erinnerung daran
dass es einmal schöner war.

Es wurde begeistert mitgesungen und geklatscht.

Hendrik, in Sonntagskleidung und mit frisch geputzten Schuhen, erhob sich von seinem Stuhl und dirigierte lächelnd den Takt.

Er nickte zufrieden.

Samstag, 5. September

Heute ist Hendriks Geburtstag, er wird einundneunzig Jahre.

Dies ist der letzte Tag, an dem ich in sein Tagebuch schreibe. Hendrik Groen ist körperlich noch da, aber sein Geist ist irgendwo in seinem Kopf eingeschlossen, oder vielleicht eher in der Vergangenheit.

Zum Glück ist er geworden, was er werden wollte: ein gepflegter und munterer dementer Herr.

Ich habe ihm einen schönen weißen Hut und ein neues Kinderpuzzle gekauft. Das werde ich ihm heute Nachmittag mitbringen.

»Guten Tag, Hendrik«, sagte ich.

Er sah mich freundlich an und antwortete: »Guten Tag, Kitty. Schön, dass es dir wieder besser geht.«

»Weißt du, was heute für ein Tag ist, Hendrik?«

»Es ist Montag. Wir haben heute Rechnen und Erdkunde. Setz dich bitte hin.«

»Es ist dein Geburtstag. Du wirst heute einundneunzig Jahre alt. Und ich habe dir zwei Geschenke mitgebracht.«

Er sah mich lange und prüfend an. Es schien so etwas wie Wiedererkennen in seinen Augen zu glänzen. Dann nahm er meine Hand. »Nett, dass du da bist, Mieke.«

Er zeigte auf die beiden Päckchen vor ihm. »Sind die für mich?«

Ich nickte.

Er packte langsam seine Geschenke aus. Das Papier strich er glatt und faltete es sorgsam zusammen.

»Schön.«

Dann wandte er sich wieder dem Puzzle mit den zwei Bärchen darauf zu, das vor über sechzig Jahren seiner Tochter gehört hatte. Er presste die letzten beiden Teile fest an ihren Platz. Sie lagen verkehrt.

Er nickte mir freundlich zu. »Guten Tag, Kitty. Schön, dass es dir wieder besser geht.«

Ich fragte ihn, ob er den Hut nicht anprobieren wolle.

»Den Hut, ja.« Er sah sich nach ihm um.

Ich nahm den Hut und setzte ihn ihm vorsichtig auf den Kopf.

Die diensthabende Schwester nickte anerkennend. »Er steht Ihnen ausgezeichnet, Herr Groen. Was für ein schöner Mann Sie sind. Wenn Sie nicht schon verheiratet wären ...«

Hendrik sah sie schalkhaft an. »In der Tat, schade, dass ich schon verheiratet bin.«

Ich half ihm aus dem Stuhl und reichte ihm einen Arm. Gemeinsam gingen wir zum Spiegel, der oberhalb der Kommode hing. Er betrachtete sich und nickte mehrmals.

»Guten Tag, mein Herr«, sagte er zu sich selbst.

Dann blickte er sich suchend um.

»Komm nur, Schatz«, sprach er ins Nichts.

Er breitete ein wenig die Arme aus, vollführte eine kleine Verbeugung und umfasste eine imaginäre Partnerin. Dann tanzte er langsam und würdevoll durch das Zimmer.

Da glitten sie dahin, um die Tische und Stühle herum. Vorbei an der Schwester mit ihrem Wägelchen. »Sehr gut, Aafke. Eins-zwei-drei, eins-zwei-drei.« Hin und wieder warf er einen glücklichen Blick in die Runde.

»Der nächste Tanz gehört dir, Eefje«, rief er mir zu und drehte weiter seine Kreise. Er wandte sich an einen Herrn. »Hättest du nicht gedacht, Evert, dass dein Freund so gut tanzen kann, oder? Tanzstunde, was? Eins-zwei-drei, eins-zwei-drei.«

Ich musste weinen.

Auf Wiedersehen, Hendrik Groen.

Rasselschlamassel: zwei Rentner und ein Baby

Hendrik Groen
Damenbesuch
Roman

Aus dem Niederländischen
von Wibke Kuhn
Piper, 272 Seiten
€ 22,00 [D], € 22,70 [A]*
ISBN 978-3-492-07049-2

Hendrik und Evert sind beste Freunde – in guten wie in schlechten Zeiten. Für gewöhnlich spielen die beiden Siebzigjährigen zusammen Schach, trinken ein Gläschen (oder zwei) und genießen ihr ruhiges Rentnerdasein. Doch eines Abends bringt Evert unerwarteten Damenbesuch mit: ein Baby. Von den Eltern keine Spur. Die betagten Babysitter wider Willen leisten fortan überraschend gute Arbeit, während sie versuchen, die Kleine unauffällig wieder nach Hause zu bringen – was sich als schwieriger erweist als gedacht.